DEBUT D'UNE SERIE DE DOCUMENTS
EN COULEUR

FRANCIS DE CROISSET

CHÉRUBIN

PIÈCE EN TROIS ACTES EN VERS

Imprimerie de *L'Illustration*, 13-13, rue Saint-Georges Paris

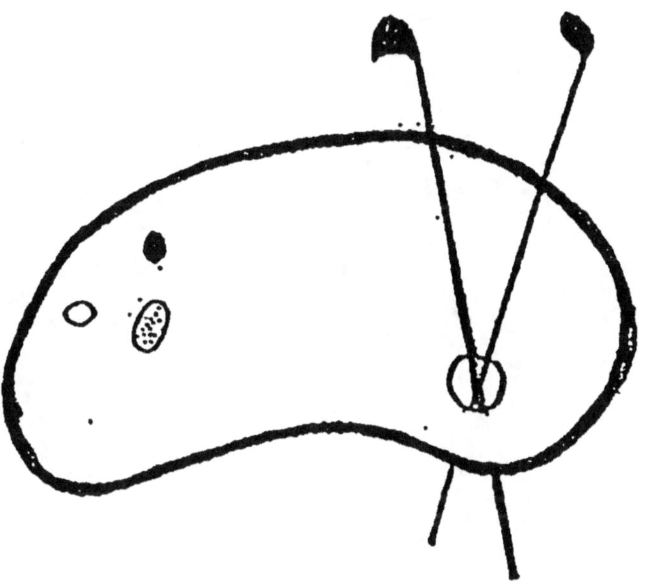
FIN D'UNE SERIE DE DOCUMENTS
EN COULEUR

ACTE PREMIER

Scène première

LE VICOMTE, L'ABBÉ

LE VICOMTE

Hé! l'abbé, laissez-moi.

L'ABBÉ

Quoi ces brillants jardins
Ces femmes et ces fleurs et ces parfums mondains
Le son des violons sous le ciel améthyste
Tout cela vous déplait?

LE VICOMTE

Il me plait d'être triste.

L'ABBÉ

Mon cher! vous choisissez bien mal votre moment.
La fête a trop d'éclat, ce parc est trop charmant
Et la maîtresse de céans est trop jolie
Pour qu'on puisse songer à la mélancolie.
C'est peu galant! C'est pire! En cet aimable lieu
Etre triste, monsieur, c'est presqu'offenser Dieu!

LE VICOMTE

Oh! Dieu n'a point souci du pauvre cœur des hommes!

L'ABBÉ

Dieu nous protège tous, monsieur, tant que nous sommes,
C'est pour nous qu'il a peint ce ciel limpide et doux,
Ces parfums, ce vent frais, ces astres, c'est pour nous.
Il faut lui savoir gré des choses de ce monde
S'il a fait la nuit bleue et la lumière blonde
Et s'il nous a donné l'œil pour apprécier
Mais il n'est que poli de l'en remercier!...
Ça voyons, la nature est belle?

LE VICOMTE

Oh! oui, très belle.
Mon âme à l'admirer ne fut jamais rebelle,
Mais toujours l'univers: ses eaux, ses bois, ses monts,
C'est à travers un être aimé que nous l'aimons.
Et j'aime hélas!

L'ABBÉ

Hélas? Ah ça, mon cher vicomte
Serait-il vrai le fait qu'à Paris on raconte
Et seriez-vous atteint de ce mal saugrenu,
De ce mal effarant, obscur et biscornu,
D'un mal pis que la gale ou que l'hydropisie,
En un mot, seriez-vous atteint de jalousie?

LE VICOMTE

Mon Dieu...

L'ABBÉ

Quoi! vous seriez jaloux, vous!

LE VICOMTE

Eh bien, oui.

L'ABBÉ

De la comtesse?

LE VICOMTE

De la comtesse.

L'ABBÉ

Inouï.
La comtesse, une femme à ce degré hautaine,
Qu'on n'ose lui baiser la main sous sa mitaine,
Un regard un peu doux suffit à l'outrager.
Elle a des airs de reine au moindre mot léger,
C'est une veuve ayant une âme de matrone
Et vous êtes jaloux! Si c'était la baronne,
Je comprendrais, son cœur n'a jamais de repos,
Elle rit, elle jase, elle dit cent propos,
Et, quand elle se tait, alors, c'est que c'est pire.
Et le nom du rival?

LE VICOMTE

J'ai honte de le dire.

L'ABBÉ

Pourquoi?

LE VICOMTE

C'est un rival absurde. Six-sept ans.

L'ABBÉ

Six-sept ans!

LE VICOMTE

Je lui vois des regards caressants,
Son cœur toujours si fier, près de lui s'humanise,
Lui la regarde avec des yeux de convoitise.
Il lui vole un mouchoir, une fleur, prend son bras,
Elle gronde, se moque, et ne se défend pas.
Parfois, je veux parler, mais sitôt je recule,
Etre jaloux de lui me rend trop ridicule,
Et mon amour déçu me cause moins de mal
Que l'irritation d'avoir un tel rival.

L'ABBÉ

Comment! Mais ce rival... non, ce serait grotesque,
Et pourtant ce portrait, six-sept ans, oui, c'est presque
Le portrait du petit marquis de Lys.

LE VICOMTE

C'est lui.

L'ABBÉ

Comment! C'est Chérubin qui cause votre ennui!
Mais, pour lui, la comtesse est une sœur aînée,
Chérubin passe ici le printemps chaque année.
Ses parents ne sont plus. Feu le marquis de Lys,
En mourant, confia la garde de son fils
Au comte, son tuteur, son parrain, presqu'un père!
Sa présence est ici légitime, j'espère!

LE VICOMTE

Oui, mais le comte est mort!

L'ABBÉ

Eh bien?

LE VICOMTE

Eh, bien, l'enfant
Habite le château comme de son vivant.

L'ABBÉ

Vous ne voudriez pas qu'on l'eût mis à la porte!

LE VICOMTE

Non, mais il est certain que sa présence apporte
A cette veuve âgée à peine de vingt ans
Des propos, des soupçons qui sont compromettants.

L'ABBÉ

Vous êtes fou!

LE VICOMTE

Du tout, sa présence me choque,
Elle est...

L'ABBÉ

Chut! les voilà.

LE VICOMTE

C'est l'éternel colloque!
Ils sont ainsi toujours!

Scène II

LES MÊMES, CHÉRUBIN, MARRAINE

CHÉRUBIN

Ah! l'on n'a vu que vous!
Si belle!

MARRAINE

A la baronne on faisait les yeux doux
Et vous tout le premier.

CHÉRUBIN

Mais!

MARRAINE

Si, je vous assure!
A la princesse aussi.

CHÉRUBIN

Marraine, je vous jure!

MARRAINE

Oh! non, ne jurez pas, cela m'est trop égal.

CHÉRUBIN

Que c'est indigne à vous de me traiter si mal.
Vous me faites souffrir! je vous croyais meilleure,
Je suis très malheureux, très malheureux.

MARRAINE

Il pleure.

Quel enfant! Vous pleurez?
CHÉRUBIN, se retournant.
Non.
MARRAINE
Mais voulez-vous bien
Sourire, enfant gâté!
Elle essuis ses yeux avec son mouchoir.
CHÉRUBIN
Quel parfum! Est-il rien
D'aussi doux lorsqu'aux yeux scintille un peu de pluie
Que de sentir un mouchoir fin qui les essuie.
Marraine, essuyez encor cette larme-là!
MARRAINE
Comment, mauvais sujet! Vous pleuriez pour cela!
L'ABBÉ
Un sourire: c'est tout ce qu'un tel jeu mérite.
CHÉRUBIN
Marraine.
MARRAINE
Quoi?
CHÉRUBIN
Vous m'aimez?
MARRAINE
Non.
CHÉRUBIN
La marguerite
Va bien vous donner tort et je vais voir comment
Vous m'aimez. Un peu, beaucoup, passionnément.
L'ABBÉ
Etre jaloux de pareils jeux! Quelle démence.
MARRAINE, riant.
C'est pas du tout!
CHÉRUBIN, sortant avec Marraine.
C'est pas du tout. Je recommence!
Un peu, beaucoup...
L'ABBÉ
Il a huit ans votre rival.
CHÉRUBIN
C'est passionnément.
MARRAINE
Vous trichez, c'est très mal.

Scène III

L'ABBE, LE VICOMTE

L'ABBÉ
Et c'est d'un tel amant que vous prenez ombrage,
Un gamin qui n'a pas la moitié de votre âge.

Je t'aime, un peu, beaucoup, mais il était charmant,
Vous devriez en rire...

LE VICOMTE

Eh! J'en ris... par moment.
Mais à d'autres instants, leur manège m'irrite.
Autrefois, j'effeuillais aussi la marguerite...
Je sais où cela mène.

L'ABBÉ

Allons donc, un enfant!

LE VICOMTE

Un enfant en un jour devient homme souvent,
Et demain!....

Oh! demain... le sage s'embarrasse
Du présent seul. *Carpe diem* a dit Horace.

LE VICOMTE

Mais l'amour est jaloux, l'amour est malheureux
D'un soupçon, d'un regard.

L'ABBÉ

Mais si les amoureux
Qui peuplent notre globe avaient tous l'air minable,
Un séjour ici-bas ne serait plus tenable.
Malheureux par amour! Un mal aussi pimpant!
Mais l'amour fait le bruit de la flûte de Pan,
C'est Tircis qui module un chant pour sa bergère.
Malheureux par amour... comme l'homme exagère!

LE VICOMTE

Ne parlez pas d'amour, vous n'y comprenez rien.

L'ABBÉ

Je comprends autrement, mais c'est tout aussi bien.
Mon cher, les amoureux sont pareils aux ivrognes,
Il en est dont le vin illumine les trognes,
Il en est dont le vin augmente le souci.
Eh bien... les amoureux sont tout à fait ainsi.
L'amour est comme un vin qui serait moins salubre,
Mon amour est riant, votre amour est lugubre,
Vous soupirez, hélas! et moi je chante: Oh! gué!
Vous avez le vin triste... et moi j'ai le vin gai.

LE VICOMTE

L'amour est plus profond qu'il ne vous plaît à dire.
Quand on aime, on n'a pas la force de sourire.

Scène IV

LES MÊMES, ALBERT

ALBERT

Chérubin n'est pas là!

L'ABBÉ

Bonsoir, Albert.

ALBERT

Bonsoir!

Vous ne l'avez pas vu?

LE VICOMTE

Nous venons de le voir.

Il allait dans le parc...

ALBERT

Avec qui?

L'ABBÉ

Sa marraine.

ALBERT

Tant mieux.

L'ABBÉ

Pourquoi?

ALBERT

Pour rien.

L'ABBÉ

Ah!

ALBERT

La nuit est sereine
Sur l'ombre des chemins, le clair de lune luit.
Il doit parler d'amour, je suis content pour lui.

L'ABBÉ

Rien que pour lui?

ALBERT

Mais oui.

L'ABBÉ

Que votre âme est donc
[bonne
Pour lui! Vous aviez peur que ce fût la baronne,
Vous aimez la baronne et vous êtes jaloux!
Au vicomte.
Encore un!

ALBERT

Qui vous a dit?

L'ABBÉ

Méfiez-vous,
La baronne est jolie, amusante et rieuse,.
Mais son charme est perfide et c'est une essayeuse..
Prenez garde, jeune homme.

ALBERT

Une essayeuse.

L'ABBÉ

Un mot,
Grâce auquel plus d'un homme a croqué le marmot.
Il vous faudrait du tact, de l'âge et de l'adresse.
Vous attendiez, vous êtes jeune, rien ne presse...

ALBERT

Voilà Chérubin! Chérubin!

LE VICOMTE
                        L'abbé, je vois
La comtesse, laissez-moi seul.

L'ABBÉ
                                A votre voix
Qui tremble, à ce courroux qui dans vos yeux s'attise,
Je sens bien que vous allez faire une bêtise.

LE VICOMTE
Laissez-moi, la voici.

L'ABBÉ
                        Vous allez la troubler
Avec Chérubin.

LE VICOMTE
            Non.

L'ABBÉ
                        Vous allez lui parler
De Chérubin.

LE VICOMTE
                Mais non.

L'ABBÉ
                Mais si.

LE VICOMTE
                        Je vous répète
Que non. Laissez-moi donc.

L'ABBÉ, sortant.
                        Comme l'amour rend bête.

Scène V

MARRAINE, LE VICOMTE

MARRAINE
Ah! cher vicomte, enfin!

LE VICOMTE
                Madame la vérité
Vous voulez bien penser à moi, que de bonté,
Je ne mérite pas autant de sympathie.

MARRAINE
Que veut dire ce ton de fausse modestie
Et cette politesse hypocrite.

LE VICOMTE
                Ce soir
Je n'osais espérer que vous me puissiez voir.
Votre «enfin» m'a surpris. Vous me cherchiez sans hâte.
Je sais, l'enfant pleurait, il faut bien qu'on le gâte
Ce petit Chérubin.

MARRAINE
                Quoi, c'est pour...

LE VICOMTE

                              Eh bien oui, l.
Je m'irrite à vous voir tant de bontés pour lui
Votre air trop familier avec lui m'exaspère.
Pour lui sécher ses pleurs, êtes-vous donc sa mère?
Vous êtes sa marraine, oui, c'est un peu voisin,
Mais filleul, ne veut pas dire petit cousin.
Je sais! le mot marraine avec mère voisine
Mais il vous fait les yeux qu'on fait à sa cousine!
Enfin le nierez-vous! Il vous aime! ce soir,
S'il pleurait, il pleurait après votre mouchoir
Oui, vous l'avez grondé; je sais, j'ai pu l'entendre
Mais vous l'avez grondé d'une façon bien tendre
Enfin, étiez-vous tendre ou non? Dites-le moi.
Oui, vous l'étiez. Pourquoi? répondez-moi pourquoi.
Oui, je sais, dix-sept ans, dix-sept ans, c'est un âge!
Vous sauriez. Vous avez tort. Car le passage
De l'enfance à l'âge d'un homme est incertain.
On s'endort un enfant, et puis, un beau matin
Au soleil de l'amour, on se réveille un homme.
Est-ce vrai? Répondez, voyons. Je dis en somme
Des mots qui sont sensés. Vous ne répondez rien?
Je ne vous fais aucun reproche, notez bien,
Mais je vous mets en garde un peu contre vous-même
Vous m'en voulez! Vous savez bien que je vous aime,
Je vous parle en ami. Mieux: comme un frère aîné.
Répondez-moi. Pourquoi ce silence obstiné!
Vous m'en voulez vraiment? Non, vous faites la moue
J'ai peut-être exagéré... C'est vrai, je l'avoue,
J'ai même eu tort à peine et pas un tort bien lourd
Puisque ce tort provient de mon excès d'amour
Mais enfin soit, j'ai tort. Ah! vous voilà contente
Répondez-moi. Votre attitude est irritante
J'ai tort, puisque j'ai tort... parlez... mais parlez donc!
Vous parlerez! Ah! Je suis fou. Pardon. Pardon.

MARRAINE

Ah! mon pauvre vicomte, avez-vous de la chance
Que je garde aux enfants une telle indulgence
Comme vous voilà bien penaud à mes genoux
Quel est le plus enfant! Chéribin ou bien vous?
C'est Chéribin qui vous fait battre la campagne?
Mon cher, méfiez-vous, son enfance vous gagne!

LE VICOMTE

Ah! ne m'en voulez plus! Je suis assez puni!

MARRAINE

On vous pardonne, enfant! n-i-ni, c'est fini!

Scène VI

LES MÊMES, L'ABBÉ

L'ABBÉ

Ah! comtesse!

MARRAINE

Ce cher abbé!

L'ABBÉ

L'on vous réclame.

MARRAINE

Au château?

L'ABBÉ

Du tout, sur l'étang.

MARRAINE

Comment?

L'ABBÉ

On rame

Ces dames s'ennuyaient à l'entour du château
Et tous vos invités sont, madame, en bateau!

MARRAINE

J'y cours.

L'ABBÉ

Oh! ne vous pressez pas pour les rejoindre,
Dès qu'on prend un plaisir on voit un ennui poindre.
Et ces dames bientôt, s'ennuyant en bateau,
Voudront, dans un instant, regagner le château.
Flux et reflux. Le monde est ainsi, quoi qu'on dise.
Au vicomte.
Je vous l'avais bien dit. C'était une bêtise.

MARRAINE

Où les rejoindre alors?

LE VICOMTE, à l'abbé, bas.

Trouvez une raison.
Je voudrais rester seule avec elle.

L'ABBÉ

A foison
Tous les plaisirs chez vous nous sont offerts, madame.
C'est par la galanterie un peu qu'on vous réclame,
On festine si bien. Ce séjour est si doux
Que, sauf votre respect, on s'amuse sans vous.
Je me ferais, à votre place, attendre encore.
Prenez par les petits sentiers que l'on ignore
Allez muser au parc. Votre couple assorti
Ferait rêver Rousseau.
Au vicomte.
Hein! suis-je assez gentil!

MARRAINE

Vous nous suivez?

L'ABBÉ

Du tout! un soupçon de champagne
Au pavillon et je retourne à ma campagne.

MARRAINE

Où donc ?

L'ABBÉ

A Saint-Germain. Le printemps à Paris,
Fleure moins le lilas que la poudre de riz.
Or, j'aime le printemps et goûte la nature
Quand un soleil nouveau fait briller la verdure
De mon petit jardin parfumé de rayons,
Mon cœur virgilien s'emplit de papillons!
A petits pas je vais le long des plates-bandes,
L'arrosoir à la main. J'ai des poules gourmandes,
J'ai des lapins, un coq, j'ai même, s'il vous plaît,
Ma vache qui, par jour, fait dix litres de lait.
Là-bas, je suis heureux au sein des bucoliques,
Et quand le soir se vêt d'ombres mélancoliques,
Et que l'arc de Diane argent mon gazon,
Recueilli, je m'assieds au seuil de ma maison.
Un sentiment pieux à mon plaisir se mêle,
Et je dis mon Pater au chant de Philomèle!

MARRAINE, riant.

Bonsoir, l'abbé.

L'ABBÉ

Bonsoir! Je vous baise les doigts.

Scène VII

ALBERT, CHÉRUBIN

ALBERT, continuant une conversation commencée.

Tu peux donc en aimer ainsi par ribambelles!

CHÉRUBIN

Je ne peux me fixer, les femmes sont trop belles.

ALBERT

Je ne te comprends pas de t'agiter ainsi,
Moi, mon rêve est d'aimer sans trouble, sans souci,
Une petite femme et douce et bien tranquille.
Nous irions habiter un château hors la ville,
Je n'aime point Paris, je le trouve agité,
Et nous passerions là l'hiver comme l'été.
Je voudrais qu'elle aimât...

CHÉRUBIN

La chasse?

ALBERT

Non, la pêche!
Je goûte peu les jeux où l'homme se dépêche.
Je voudrais qu'elle aimât les chevaux et les chiens,

Qu'elle fût avisée à bien gérer nos biens.
Je la voudrais rieuse et qu'elle aimât la table,
Enfin je la voudrais de tous points confortable.
Pas coquette, mais tendre, et très simple à la fois.

CHÉRUBIN

Mais alors, tu devrais te marier.

ALBERT

        Je crois.

CHÉRUBIN

Moi, mon espoir est plus changeant! Parfois je rêve
Que ma vie auprès de ma marraine s'achève.
Alors, je n'aime qu'elle et je ne rêve pas
D'étreindre d'autres corps que le sien dans mes bras;
Je voudrais toujours vivre auprès d'elle, autour d'elle,
La garder, très jaloux de tous, et très fidèle.
La comtempler sans fin du même œil attendri,
Etre heureux tout un jour, quand elle m'a souri,
Devancer son désir avant qu'il ne s'exprime,
Etre comme le vers dont son nom est la rime.
Et tout mon être au sien semble à jamais lié,
Mais qu'une autre survienne et tout est oublié.

ALBERT.

Mais qui donc aimes-tu?

CHÉRUBIN.

      Je ne sais plus qui j'aime.
Tantôt l'une, tantôt l'autre, jamais la même.
J'aimais Lisette un jour que j'avais vu ses bas.

ALBERT

Ah! tu devrais choisir.

CHÉRUBIN

     Oui, mais je ne peux pas!

ALBERT

Tu rêves trop, mon cher, tu rêves l'impossible.
Je crois qu'on n'est heureux que lorsqu'on est paisible.
Moi, je suis très paisible.

CHÉRUBIN

     Et très heureux?

ALBERT

          Ce soir.

CHÉRUBIN

Pourquoi?.

ALBERT

   Mais parce que ce soir je vais la voir.

CHÉRUBIN

La baronne, toujours.

ALBERT

Toujours.

CHÉRUBIN

     Mais la baronne

N'est pas pareille à la confortable personne
Dont tu parlais tantôt, mon cher.

ALBERT

C'est évident.

CHÉRUBIN

Alors, pourquoi l'aimer?

ALBERT

Je l'aime en attendant.

CHÉRUBIN

Que cet « en attendant » me semble poétique.
Tu n'es pas amoureux!

ALBERT

Si, mais je suis pratique.
Seulement rien... jamais! Je n'ose jamais rien!

CHÉRUBIN

Tu devrais lui parler.

ALBERT

Je devrais! je sais bien!
Mais à notre âge.

CHÉRUBIN

Eh bien?

CHÉRUBIN

Trop jeunes!

CHÉRUBIN

Tu m'enrages.
Trop jeunes! c'est toi l'aîné.

ALBERT

Mais...

CHÉRUBIN

A notre âge
On doit avoir déjà des femmes, plus d'un duel.
Un duel! Ah! ce beau rêve! On doit être cruel.

ALBERT

Oh! cruel!

CHÉRUBIN

Oui, cruel! enflammé! redoutable!
Muser avec le pied des dames sous la table!
On doit toujours sur soi porter un billet doux,
Pour un oui, pour un nom, se jeter à genoux,
Suivre celles qui vont à confesse à la brune,
Errer dans les jardins mouillés de clair de lune,
Escalader sans peur de se rompre le cou
Son balcon pour la voir paraître tout à coup.
Être une âme de proie.

ALBERT

Oh! de proie.

CHÉRUBIN

Oui, de proie.
Surtout ne pas sortir sans échelle de soie!

Etre le séducteur que toutes voudraient voir,
Dont les vierges languissamment rêvent le soir,
Avoir toujours dans l'âme une neuve espérance,
Faire tous les maris ce qu'ils sont tous en France!
Trouver à tous les yeux des regards séduisants,
Etre jeune, être un homme, enfin, quoi dix-sept ans!

ALBERT

Dieu, que tu parles bien!

CHÉRUBIN

    Voilà.

ALBERT

        Que je t'envie!

Et tu fais tout cela?

CHÉRUBIN

    Moi? Jamais de la vie!...

ALBERT

Quelle intrépidité, tout de même!

CHÉRUBIN

      On le croit.

ALBERT

Quelle adresse!

CHÉRUBIN

    Eh bien, non, je suis très maladroit!

ALBERT

Quoi! Mais tes airs moqueurs, œillades en amorce,
Serments, baisers, fureurs et râles?...

CHÉRUBIN

      Je me force,

ALBERT

Pourtant, l'échelle en soie... Ah! c'est beau.

CHÉRUBIN

       Très beau,
          | mais

ALBERT

Mais quoi?

CHÉRUBIN

    Je l'ai sur moi. Je ne m'en sers jamais.

ALBERT

Je n'y comprends plus rien.

CHÉRUBIN

     Moi non plus. Un sourire
Ou m'importe ou une glace. Robert, comment te dire...
Je ne peux t'expliquer comment cela se fait,
Mais l'ardeur que je sens me cause un double effet.
Ou bien ma voix s'altère et ne sort qu'en murmure
Ou le cœur trépidant je perds toute mesure.
Et les deux cas, pour moi, sont aussi hérissés
Car parfois j'en dis trop et parfois pas assez.

ALBERT

C'est en
[somme
Pour la baronne... Enfin, je te croyais un homme,

CHÉRUBIN

Mais j'en suis un; du moins, j'en ai bien les façons.

ALBERT

Alors, tu voudras bien...

CHÉRUBIN

Te donner des leçons ?...
Oui, petit.

ALBERT

Lui parler me donne la migraine.

CHÉRUBIN

Ecoute ! Je t'ai fait inviter chez marraine
En son château depuis huit jours. Te voir souffrir
Me gâte mon bonheur. Je veux te secourir.

ALBERT

Tu parleras pour moi ?

CHÉRUBIN

Oui.

ALBERT

C'est plus difficile
De parler pour un autre.

CHÉRUBIN

Eh non, jeune imbécile !
On parle mal pour soi car le cœur s'attendrit,
Mais pour défendre un autre on a tout son esprit.
Quand on parle pour soi, l'on tremble, on est sincère,
On étouffe, on défaille et la gorge se serre,
Le cœur est trop ému pour pouvoir s'exprimer,
Pour bien parler d'amour il faut ne pas aimer.

ALBERT

Oui, seul, on parle bien.

CHÉRUBIN

Ah ! seul, on est moins bête.
Mais les femmes, Albert, me font perdre la tête.

ALBERT

Une femme, il est vrai, c'est tellement troublant !

CHÉRUBIN, avec ferveur.

Une femme !

ALBERT

On a peur de l'embrasser ; c'est blanc,
C'est rose et c'est moqueur.

CHÉRUBIN

Une femme est si tendre !

ALBERT

Une femme c'est trop difficile à comprendre.

CHÉRUBIN

Une femme, ce mot me rend tout attendri,
Une femme, ce mot est mon mot favori.
Il y a je ne sais quoi de ravissant pour l'âme.
Que de choses, Albert! dans ce mot: une femme,
Ah! le dire ce mot, pourrait-on se lasser.
Que ce mot vous attire et sait vous caresser.
Oui, sous mes pas je sens que le sol se dérobe
Quand je vois un sourire ou que passe une robe.
Je pleure en y songeant sur l'oreiller, le soir.
Marraine, l'autre jour, a perdu son mouchoir,
Je l'ai pris, j'embrassai follement la dentelle
Et j'ai cru, en fermant les yeux, que c'était elle.
Cher Albert, quel plaisir! qu'ils doivent vous griser
Le premier rendez-vous et le premier baiser.
L'angoisse qu'on se sent alors doit être extrême.
Oh! tomber à genoux, et dire: je vous aime...
Le dire à ma marraine, à Lisette, à Ninon,
A la femme qui passe et quelque soit son nom.
Le dire, sans savoir, pour rien, pour le délire,
Le dire à tout propos, le dire pour le dire.
Le dire à chaque instant, sans raison, sans espoir,
Faire de ce mot-là sa prière du soir.
Le dire à son réveil et dans ses rêves même.
Ah! Je vous aime! ah! je vous aime! ah! je vous aime!
Tous ces désirs et tous ces mots-là, tu devrais

ALBERT

Les dire à ta marraine.

CHÉRUBIN

       Ah! quand je suis auprès
De son visage fier et de son clair sourire,
Je rougis, je pâlis, et ne sais plus rien dire.
Je ne peux t'expliquer comment cela se fait,
Mais la peur que je sens me cause un double effet.
Ou bien ma voix s'altère et ne sort qu'un murmure,
Ou le cœur trépidant je perds toute mesure.
Et les deux cas pour moi sont aussi hérissés,
Car parfois j'en dis trop et parfois pas assez.

ALBERT

Mais sauras-tu pour moi parler à la baronne.

CHÉRUBIN

Mais oui, je parle bien quand je n'aime personne.
Je parlerai pour toi ce soir.

ALBERT

       Tu permettras
Que j'écoute ces mots lorsque tu les diras,
Tu n'en pourras pas moins être grivois ou tendre.

CHÉRUBIN

Oui, mais pourquoi!

ALBERT

Pour rien. Pour le plaisir d'entendre.

CHÉRUBIN

Albert.

ALBERT

Quoi?

CHÉRUBIN

La baronne.

ALBERT

Où donc?

CHÉRUBIN

Mais là! qui vient?

ALBERT

Oui, c'est elle! Ah! qu'elle est bien!

CHÉRUBIN

Oh! oui, très bien!

Scène VIII

LES MÊMES, LA BARONNE

CHÉRUBIN

Madame!

LA BARONNE

Ah! Chérubin!

CHÉRUBIN

Permettez que j'embrasse
Le bout de vos doigts blancs où vos ongles fleuris
Sont come ces bijoux qu'on ne fait qu'à Paris.

LA BARONNE

Pas mal! Bonsoir, Albert.

Excusez ma franchise
Mais il est un secret qu'il faut que je vous dise.

LA BARONNE

Un secret! Pas très grave?

CHÉRUBIN

Oh! grave infiniment.

LA BARONNE

Alors, n'en dites rien, il doit être assommant.

C'est un secret d'amour.

LA BARONNE

Alors, c'est autre chose.
Dites vite.

CHÉRUBIN

On vous aime.

LA BARONNE

Oh! c'est banal.

CHÉRUBIN

On n'ose

Vous le dire.

CHÉRUBIN

Et cependant,
Celui qui vous adore est d'un cœur jeune, ardent!
Le fait de vous aimer prouve qu'il n'est pas bête,
Mais sitôt qu'il vous voit paraître, il perd la tête,
Tout son esprit s'envole, il ne sait plus parler.

ALBERT

Bien.

LA BARONNE

Pour si peu voit-on un homme se troubler!

CHÉRUBIN

Vous dites pour si peu, ce si peu est un monde!
C'est vos regards de brune et votre teint de blonde.
Ah! madame, si peu. Pour ce si peu, je crois,
On ferait son calvaire et monterait en croix.
Quoi, vous vous étonnez du trouble de son âme,
Mais regardez-vous donc dans la glace, madame!
En voyant sur vos traits l'amour toujours écrit,
Vous le comprendriez mieux d'avoir perdu l'esprit.

LA BARONNE

Monsieur!

ALBERT

Très bien!

CHÉRUBIN

Si peu! C'est donc si peu de chose
Le sourire boudeur de votre lèvre rose!

LA BARONNE

Ah! monsieur!

CHÉRUBIN

Et vos yeux, dont le long regard bleu
S'émousse entre vos cils tremblants, c'est donc si peu?

LA BARONNE

Mon Dieu!

CHÉRUBIN

C'est donc si peu, pour étancher ses fièvres
La source de fraîcheur où s'humectent vos lèvres.

LA BARONNE

Enfin!

CHÉRUBIN

C'est donc si peu tous les bijoux mordants,
Tous les bijoux nacrés et luisants de vos dents?

LA BARONNE

De grâce!

CHÉRUBIN

Et votre gorge, et vos pieds, votre taille!

LA BARONNE

Mais à combien d'endroits livrez-vous donc bataille?

CHÉRUBIN

Ah! ce si peu, c'est trop! C'est un cœur insensible,
C'est le vôtre, madame, il est inaccessible.
Cet amant n'atteint point votre cœur trop hautain
S'il veut voler vers vous, votre froideur éteint
Son amour qui jaillit comme un feu de sa cendre.
Puisqu'il ne peut monter, madame, il faut descendre.
Que ne descendez-vous quand l'amour est en bas?

LA BARONNE

Mais qui vous dit, monsieur, que je ne descends pas.

CHÉRUBIN

C'est vrai?

LA BARONNE

Mais si vers lui tout mon cœur se dépêche,
Je ne puis lui parler, un témoin m'en empêche.
L'un de vous deux, messieurs, doit comprendre cela.

ALBERT

Tu comprends, Chérubin? Madame, me voilà!

LA BARONNE

Ah!

ALBERT

Ce que Chérubin vous a conté, madame,
C'est le secret amour qui brûle dans mon âme.
Il a parlé pour moi, j'agis.
A geno..x.
Désirs brûlants.

LA BARONNE

Levez-vous! Le gazon verdirait vos bas blancs!

ALBERT

Ah! qu'importent les bas! ce n'est pas ça qui compte,
C'est le cœur! c'est le cœur!

LA BARONNE

Mais qu'est-ce qu'il raconte?
Levez-vous donc! être à genoux ne vous va pas!

ALBERT

Soit! je dirai debout.

LA BARONNE

Allez changer de bas!...

ALBERT

Désirs brûlants!

LA BARONNE

Mais oui, désirs, fureurs et râles,
Vous direz tout après.

ALBERT

Mais...

LA BARONNE

Vos bas sont trop sales,

Allez charger.

ALBERT

J'y cours.

Scène IX

LA BARONNE, CHÉRUBIN

LA BARONNE

              Qu'Albert est donc heureux
D'avoir pour le défendre un cœur si valeureux.
Quoi, c'était pour Albert ce regard qui s'embrase
Et cette voix qui tremble à la fin de la phrase.
Quoi, c'était pour Albert tout ce feu dans vos yeux?
Votre Albert a vraiment un ami merveilleux.

CHÉRUBIN

Oui, c'était pour Albert en commençant sans doute,
Mais quand survient l'amour, l'amitié reste en route.
D'abord, c'était pour lui, mais je vous regardais,
Alors, j'ai doucement compris que j'en étais.
Puis je sentais tant mon ardeur était extrême,
Qu'en insistant pour lui, je parlais pour moi-même.
J'avais l'esprit en fièvre et le cœur en émoi.
J'ai comencé pour lui, mais j'ai fini pous moi.

LA BARONNE

Eh bien! Continuez!

CHÉRUBIN

              Ah! Je voudrais vous dire,
Pour voir pleurer vos yeux qui veulent trop sourire
Des mots d'amour fervents, de vous presque inconnus.

LA BARONNE

Dites-les, ces mots-là seront les bienvenus.

CHÉRUBIN

Mais vous êtes si froide à la fois et si belle...

LA BARONNE

A l'amour ma beauté n'est pourtant point rebelle.
Parlez?

CHÉRUBIN

              Oui, mais je suis tout anxieux. J'ai peur
De vous parler! J'ai peur de votre œil trop moqueur.
Votre visage avec trop d'éclat se présente,
Que n'êtes-vous Lisette; elle est moins imposante.

LA BARONNE

Que n'êtes-vous Lisette, est tout à fait flatteur.

CHÉRUBIN

Avec Lisette au moins je suis fier comme un teure.

LA BARONNE

Mais mon air imposant et mes regards de glace,
Quand Albert était là, gênaient peu votre audace.

CHÉRUBIN

Oui, mais j'ai dix-sept ans! Quand Albert était là,
Son âge s'ajoutait au mien, c'est pour cela
Dix-sept ans et dix-huit ans faisaient toute une somme,
J'avais trente-cinq ans, j'avais l'âge d'un homme.

LA BARONNE

Oui, tandis que tout seul...

CHÉRUBIN

    Seul! ah! je ne sais plus,
Mes désirs sont pourtant virils et résolus,
Mais voilà, je me vois trop menu, dans la glace,
Du moins mon âme a plus d'allure et me dépasse.
Mon corps petit contient un cœur trop grand, souvent,
J'ai les désirs d'un homme et l'âge d'un enfant.

LA BARONNE

Alors, vous vous leurrez de mots et c'est tout comme,
Vous n'êtes qu'un enfant qui voulez être un homme.

CHÉRUBIN

Mais non.

LA BARONNE

   Mais si, vous feriez mieux d'en convenir,
Vous n'êtes, tout au plus, qu'un homme... d'avenir.

CHÉRUBIN

J'en ai l'âme, du moins!

LA BARONNE

    Votre âme est toute neuve,
C'est l'âme d'un enfant!

CHÉRUBIN

   Non!

Il lui embrasse les mains avec brusquerie.

LA BARONNE

    En voici la preuve.
Et vous êtes encor bien plus neuf qu'on ne croit.
Vous êtes un enfant doublé d'un maladroit.

CHÉRUBIN

Ça y est.

Scène X

LES MÊMES, ALBERT

ALBERT

  Me voici! J'ai tant couru, madame,
Que le vent de la course en soufflant sur ma flamme
L'a fait briller encor; encor, encor bien plus.

LA BARONNE

Ces trois « encor », mon cher, sont un peu superflus,
Mais qu'importe le mot, ce n'est pas ça qui compte.
Offrez-moi votre bras. Si ce n'est pas un conte,

Tout ce que Chérubin, pour vous m'a déclaré,
Vous valez qu'on vous aime et vous serez aimé.

ALBERT

Bonheur!

LA BARONNE

Vos dix-huit ans vous donnent droit d'aînesse
Sur Chérubin.

ALBERT

Parbleu! L'enfance et la jeunesse!

CHÉRUBIN

Comment!

LA BARONNE

Donc! selon vous, c'est un enfant, non pas!
Un homme!

ALBERT

Oh! ce gamin!

CHÉRUBIN

Toi, tu me le payeras!

Scène XI

CHÉRUBIN, puis LE VICOMTE, MARRAINE, L'ABBE, LA BARONNE, ALBERT

CHÉRUBIN, dans une colère près des larmes.

Oh! c'est trop, c'est trop, j'enrage! comme j'enrage!
Un gamin! ah! mais non... je me sens le courage
D'un homme et je saurai prouver que j'en suis un!
Avant ce soir, d'abord, je veux gifler quelqu'un.
Ah! Je suis un gamin; non, vous verrez, madame
Que je me ris d'un duel, si j'ai peur d'une femme...
Ah! Je suis un gamin? Ah! Je suis un gamin!
Vous verrez ce gamin une épée à la main.
Un gamin!... Madame, un gamin! C'est ainsi qu'on me
[nomme...
Eh bien, soit, je le prouverai, je suis un homme!
Quand on affronte un duel, on n'est plus un gamin.
Ah! je sens des fourmis me picoter la main!
Un duel! un duel! oui, c'est cela!

LE VICOMTE

Vraiment, j'ai honte,
Et tout à l'heure, j'étais fou.

CHÉRUBIN

Le vicomte!

LE VICOMTE

Jaloux de Chérubin!

CHÉRUBIN

Mais il parle de moi!

LE VICOMTE

J'étais jaloux! D'honneur, je ne sais plus pourquoi!
Chérubin! cet enfant! ce gamin!

CHÉRUBIN

Hein? Encore!
Ah! non, monsieur, un mot!

LE VICOMTE

Quel est ce matamore?
Pas de ton de protecteur, n'est-ce pas?

LE VICOMTE

S'il vous plaît?

CHÉRUBIN

Votre attitude avec madame me déplaît.

MARRAINE

Chérubin!

LE VICOMTE

Il est fou!

CHÉRUBIN, à la marraine.

J'aime et je veux qu'on m'aime!

Au vicomte.

Lâche!

LE VICOMTE

Ah! ça!

MARRAINE

Taisez-vous!

CHÉRUBIN

Je le dirai quand même.
Lâche... vous entendez?

Oui, j'entends.

MARRAINE

Lors pourquoi
Ne vous fâchez-vous pas? auriez-vous peur de moi?

LE VICOMTE

Très peur!

CHÉRUBIN

Ah! vous riez, cela vous est facile,
Mais vous vous fâcheriez, butor, pleutre, imbécile!

LE VICOMTE

Continuez, le choix des mots est ravissant!

ALBERT, entrant avec la baronne sans voir Chérubin.

Chérubin n'existe pas... l'adolescent.
L'amant rêvé, c'est moi.

CHÉRUBIN

Oh!

ALBERT

Chérubin est comme
Qui dirait... hein?

CHÉRUBIN

Terez! c'est la gifle d'un homme

Il le gifle.

MARRAINE

Chérubin!

ALBERT

Le manant!

CHÉRUBIN, au vicomte.

Voilà pour le gamin!

Sortant et aux deux hommes.

Je vous attends tous deux au verger clos demain!

Il sort.

RIDEAU

ACTE II

*Une chambre à coucher Louis XVI, blanche avec des
tapisseries bleu clair. Au fond, dans une alcôve et sur une
estrade à deux marches, un grand lit de face, une chaise
longue. De chaque côté, au fond, une porte vitrée donnant
sur les appartements de la baronne. A gauche, au premier
plan, une glace, une console et une toilette avec des objets
divers. A droite, une table chargée d'une corbeille de fleurs,
et une grande porte s'ouvrant sur l'extérieur.*

Scène première

LA BARONNE, LISETTE

Au lever du rideau, La Baronne est assise à sa table de
toilette. Lisette la coiffe. Pleine lumière.

LA BARONNE

assise à gauche, premier plan à la table premier plan.

Non, ce rouge est brutal, c'est du sang. Il me faut
Du rose et tu me mets un rouge d'échafaud.
C'est là tout mon courrier?

LISETTE, derrière et au-dessous de la table.

Ces deux lettres encore.

Et des vers de Bercour. *Vous êtes une aurore
Sur la mer vous êtes la lune au ciel luisant.*
Comment! Il me compare à la lune à présent?
Ce pauvre Bercour! Donne-moi l'autre lettre.
Du rouge, là...

Elle lit.

*Daignez, madame, me permettre
De venir pour une pauvre artiste.*

Elle regarde la signature.

De Cloé!

C'est de Cloé!

LISETTE

La danseuse?

LA BARONNE, parcourant la lettre.

*Je vais jouer
A l'Opéra pour lui le ballet « La Gourmande ».
La charité... les arts... Agréez ma demande,
C'est pour un pauvre.*

A Lisette

Elle a bon cœur!

LISETTE

Elle en a tant!

LA BARONNE

Quel ennui de sortir! La voir serait tentant.

LISETTE.

Pourtant...

LA BARONNE

Lisette, au fond leurs goûts sont-ils pas nôtres?

LISETTE.

Certes!

LA BARONNE

Elles sont un peu plus femmes que les autres.
Voilà tout.

LISETTE

Vous faut-il friser au petit fer?

LA BARONNE

Non, fais vite. La nuit, j'eus des rêves d'enfer...
Mon noir... quels rêves... coups d'épée et cris farouches.
Faut-il coller au teint deux, trois, quatre ou cinq
|mouches?

LA BARONNE, soupirant.

Je suis triste, Lisette.

LISETTE

Alors, deux suffiront.
La friponne à la lèvre et la placide au front.

LA BARONNE

Hâte-toi, je me sens inquiète et fiévreuse!

LISETTE

Madame de nouveau serait-elle amoureuse?

LA BARONNE

Non.
Elle si dormeuse être ce matin si
Matinale!

LA BARONNE, se levant.

Ah! mon cœur a bien autre souci!
Je cours à Saint-Germain chez les saint Marc!

LISETTE

Encore!
Vous y dansâtes hier soir jusqu'à l'aurore.
Vous rentrez, vous ne dormez pas et vous voilà
Voulant partir sans même boire un chocolat.

LA BARONNE

C'est urgent.

LISETTE

La comtesse est donc à l'agonie!

LA BARONNE

Il en faut plus pour me donner une insomnie.

LISETTE

Oh! le bon cœur!

LA BARONNE

Lisette, un scandale inouï!
Deux gifles au château de Saint-Maur aujourd'hui,
En pleine fête. Ah! mon cœur encore en saute.

LISETTE

Deux gifles?

LA BARONNE

Oui! Et deux giflés...

LISETTE

Par votre faute?

LA BARONNE

Je le voudrais, Lisette, et je n'en sais trop rien.
Conçois-tu ma fureur?

LISETTE

Je ne conçois pas bien
Etait-ce en votre honneur ou non?.

LA BARONNE

L'une, pas l'autre.

LISETTE

Alors, occupez-vous seulement de la vôtre..

LA BARONNE

Mais l'autre détruit l'une.

LISETTE

Alors, il faut choisir
La meilleure des deux.

LA BARONNE

Non, tu ne peux saisir.

LISETTE

Expliquez-vous.

LA BARONNE

Il est trop tard. Ah! nuit funeste!
Très peu de poudre... Le coiffeur fera le reste.
Pose-moi le colimaçon de Léonard.
Tu mettras sur la pointe un ours... non, un canard..
Non, tu mettras: Jésus et le bœuf dans la crèche.

LISETTE

Cassés!

LA BARONNE

Quel sacrilège! Alors, mets la calèche...
J'aime mieux la baleine. Oui, sa couleur me plaît.

LISETTE

Couleur ventre de puce ayant fièvre de lait..

LA BARONNE

Ah! que j'ai de soucis et de colère!

LISETTE

On sonne.

LA BARONNE

Quoi! Si matin! Va voir. Je n'y suis pour personne.

Sort Lisete. Tout en parlant devant la glace pour dire..
« J'aime assez ce corset ».

Quel scandale! Paris doit en être enchanté!
Cette pauvre Saint-Maur!... Comme elle doit pester!
Un scandale si stupide! j'en serais folle!

Pour elle c'est affreux... et cela me console.
J'ai pourtant un courroux. J'aime assez ce corset.
Il est classique, mais nouveau.

LISETTE, rentrant.

    Madame, c'est
Un jeune homme.

LA BARONNE
Je n'y suis pas.

LISETTE
    C'est qu'il insiste.

LA BARONNE
Non. Qu'il revienne!

LISETTE
Il est tout jeune et paraît triste.

LA BARONNE
Quoi! Ce serait Albert?

LISETTE
Il n'a pas dit son nom.

LA BARONNE
Il est jeune? Officier? De la moustache?

LISETTE

    Non,
Mais un regard timide et doux. Une figure
Blanche de fille. Il vient, dit-il, pour l'aventure
De la nuit.

LA BARONNE
C'est bien lui!

LISETTE
    Faut-il le recevoir?
Mais je crois bien. J'ai hâte enfin de tout savoir.
Introduis-le céans. Dépêche. Viens ensuite
Dans l'autre chambre pour ma robe. Fais donc vite.

Lisette et La Baronne sortent.

Scène II

LISETTE, CHÉRUBIN

LISETTE
revenant au bout d'une seconde et précédant Chérubin.
Entrez, je vous l'avez bien dit.

CHÉRUBIN
    Vrai? Vous croyez
Que ma visite?...

LISETTE
Nous fait plaisir? Vous voyez!

CHÉRUBIN
Votre maîtresse alors?...

LISETTE
De vous voir est ravie...
CHÉRUBIN
Ah!

LISETTE
Vous en doutiez donc? Modeste!

Scène III

CHÉRUBIN, seul
De ma vie
Je n'eus tel réconfort. J'avais l'esprit troublé,
Je n'osais, ignorant son accueil, lui parler.
Car, enfin, cette nouvelle, comment la dire?
Et comment l'expliquer? J'ai voulu lui écrire
Une épitre semblable à la lettre d'amour
Que j'ai fait ce matin envoyer à Saint-Maur.
Il tire une lettre de sa poche.
J'ai gardé le brouillon... La lettre est remarquable!
Mais puisque la visite est pour elle agréable,
En venant je fis bien.
La porte s'entr'ouvre.
VOIX DE LA BARONNE..
Cher ami!... cher ami!..
CHÉRUBIN, se retournant.
C'est elle!
VOIX DE LA BARONNE, en coulisse.
Passez ma boucle d'or. Là... parmi
D'autres bijoux, près de ma glace de toilette.
CHÉRUBIN
Je l'ai.
VOIX DE LA BARONNE
Bien. Par la fente. Ah! merci. Je suis prête
Dans un instant.
CHÉRUBIN
Quelle douceur! Je suis charmé.
Albert l'aime, mais c'est moi seul qui suis l'aimé.
Un peu de sa personne en ce désordre traîne.
Que c'est étrange! Elle a le parfum de marraine
Mais plus piquant, plus pénétrant! Ah! quand je vois
Ma marraine si brune et si rose, je crois
L'adorer. Je l'adore! Il n'est plus qu'elle au monde.
Pourtant, quand j'aperçois la baronne si blonde...
VOIX DE LA BARONNE
Là, me voici. Le temps vous a-t-il paru long?

Scène IV

CHÉRUBIN, LA BARONNE, LISETTE

LA BARONNE, entrant.
C'est gentil...

L'apercevant.
                    Quoi! vous?
                         CHÉRUBIN
                         Mais...
                    LA BARONNE
                              Vous avez osé!
               LISETTE, passant la tête par la porte.
Oh!
                         CHÉRUBIN
          Mais je viens, je viens... je viens pour m'excuser.
                    LA BARONNE
Il est de trop bonne heure et trop tard tout ensemble.
                         CHÉRUBIN
Mais...

                    LA BARONNE
          Laissez-moi...
                         LISETTE
               Le pauvre!...
                    CHÉRUBIN
                         A votre voix qui
                              [tremble
J'entends que le dépit vous tient.
                    LA BARONNE
                         Faudrait-il pas
Que je vous remercie en tombant dans vos bras
Parce que... sans que rien pour vous ne l'autorise
Vous m'avez ridiculisée et compromise?...
                    CHÉRUBIN
C'est par amour.
                         LISETTE
               Bien dit...
                    LA BARONNE, se retournant.
                         Lisette, laisse-nous...
               LISETTE, s'avance vers Chérubin et sort.
Courage!
                    LA BARONNE
          Par amour!... Ça! qui me croyez-vous!
                         CHÉRUBIN
Je dis vrai...
                    LA BARONNE
          Vous êtes fou!
                         CHÉRUBIN
                         Mon cœur se serre,
Je...
                    LA BARONNE
          C'est trop fort!
                         CHÉRUBIN
                    Sur mon honneur, je suis sincère!

LA BARONNE

Vraiment?

CHÉRUBIN

Écoutez-moi. Hier au soir, repoussé
Si durement par vous, aigri, le cœur blessé,
J'allais me mettre au lit tout brûlant de migraine
Quand j'aperçois Byron aux genoux de Marraine.
Fort surpris...

LA BARONNE

Oh! dites jaloux, mon cher, et non
Surpris.

CHÉRUBIN, continuant.

Surpris...

LA BARONNE

Non.

CHÉRUBIN

Si, surpris. J'entends mon nom.
Je m'avance, intrigué...

LA BARONNE

.. Jaloux...

CHÉRUBIN

D'abord, je doute,
Je m'approche sans bruit.

LA BARONNE

Toujours jaloux.

CHÉRUBIN

·· J'écoute.
Le vicomte disait: Chérubin, mais ce n'est
Qu'un effronté, qu'un polisson...

LA BARONNE

Il vous connaît.

CHÉRUBIN

Pour se faire valoir, il parlait de la sorte.
Aigri déjà par vous, la colère m'emporte,
Je bondis, je l'insulte. Il riposte: « Gamin! »
Moi je sens des fourmis me picoter la main...
Et tout à coup, Albert et vous... Il est sans importance,
Mais Albert près de vous!... Je perds toute prudence.
Albert vous souriait, je gifle Albert...

LA BARONNE, se levant.

Fort bien!
Mais l'autre gifle?

CHÉRUBIN

Ah! l'autre gifle. Oh! ce n'est rien.
C'est du hors d'œuvre, le pendant de la première.
On bouge un pied... Voit-on l'autre rester derrière?
Non! L'équilibre veut qu'on bouge l'autre aussi;
Sinon on resterait sur pied. C'est ainsi.
Tous les savants vous le diront, Baronne, on lance

Un bras, l'autre fuit. C'est la loi de la balance:
Ma main droite partait, ma main gauche a suivi.
D'Alembert l'a prouvé. C'est de la mécanique.
C'est un effet scientifique et dynamique;
Un mouvement impair m'aurait fait culbuter,
Deux te rétablissaient, centre de gravité!
C'est par le nombre que l'on équilibre un compte..:
C'est pourquoi hier au soir j'ai giflé le vicomte.

LA BARONNE

Si je comprends un mot!...

CHÉRUBIN

                    N'importe, me voici,
N'ayant que votre amour pour unique souci.
Pour vous, je viens de fuir le château de Mariaine.
Voyez... mon désespoir à vos genoux se traîne.
Il n'est pas dans mon cœur le plus léger soupir
Qui ne monte vers vers... qui sait!... Je vais mourir!

LA BARONNE

Mourir?...

CHÉRUBIN, se levant

        Oui, je me bats!

LA BARONNE

                    Vrai! Ce n'est pas un conte?

Un duel avec Albert?

CHÉRUBIN

                    Non... avec le vicomte.

LA BARONNE

Avec Byron?

CHÉRUBIN

            Un mot vient de me prévenir
De l'attendre chez moi. Mais comment m'abstenir
D'encor vous dire, avant que de croiser l'épée
Que mon âme est de vous seule préoccupée.
Oui, je me bats pour vous.

LA BARONNE

                    Contre Byron?

CHÉRUBIN

                                        Eh oui!

Mais l'adversaire importe peu. Albert ou lui.

LA BARONNE, qui suit son idée.

Oh! c'est contre Byron que vous avez affaire?

CHÉRUBIN

Mais le point n'est pas là, c'est vous que je préfère.

LA BARONNE

Allons donc!

CHÉRUBIN

        Mais...

LA BARONNE

                D'ailleurs, tout cela est un conte?

Et vous mentez encor.

                    CHÉRUBIN
          Lisez, c'est du vicomte.

               LA BARONNE
  Ah!

                    CHÉRUBIN
     Lisez son cartel.

               LA BARONNE
          De quel ton courroucé?...

                    CHÉRUBIN
  Lisez-la. Vous m'avez profondément blessé.

               LA BARONNE
  Non, je vous crois...

                    CHÉRUBIN
          Lisez!

               LA BARONNE
               Soit. Je lis. *Pour un suprême*
  Adieu, je viens vous dire encore: « Je vous aime! »

                    CHÉRUBIN
  Quoi?
          Sachant mon amour, vous n'en avez souci.
  Je n'ai plus qu'à mourir. Que veut dire ceci!

                    CHÉRUBIN
  Ah! ciel! C'est le brouillon de ma lettre à Marraine!
          À la baronne.
  Ce n'est rien. J'ai souvent dans ma poche qui traîne
  Quelque chiffon.

               LA BARONNE
          Je vais me battre, c'est pour vous
  Pour vous seule, et mourir pour vous ce sera doux!

                    CHÉRUBIN
  Mon Dieu!

               LA BARONNE
          Je vous aimais, ô ma beauté, ma reine! —

                    CHÉRUBIN
  Perdu!

               LA BARONNE
          Ma fée!

                    CHÉRUBIN
          Sauvé!

               LA BARONNE
               Mais non comme marraine.

                    CHÉRUBIN
  — Ah! ciel!

               LA BARONNE
          Bien mieux. Ces sentiments sont superflus.
  Je vous aimais, donc la marraine n'était plus.

CHÉRUBIN
Bravo!

LA BARONNE
Vous dites?

CHÉRUBIN
Que c'est la meilleure preuve
Que j'aime et qu'il est temps que votre cœur s'émeuve,
Et n'ait plus devers moi des sens irrésolus:
Je vous aimais, donc ma marraine n'était plus.
Vous le voyez, mon âme est vers vous entraînée.
Cette lettre, dès l'aube, en hâte griffonnée,
De l'envoyer j'avais ce matin convenu.
Je ne voulais venir... J'aimais... Je suis venu.
Me croyez-vous enfin?

LA BARONNE
Oui, je vous crois et même...

CHÉRUBIN
Et même?

LA BARONNE
Je dirais peut-être: je vous aime...

CHÉRUBIN
Ciel!

LA BARONNE
Si vous le permettiez...

CHÉRUBIN
Ah! tout, je vous promets.

LA BARONNE
De renoncer au duel...

CHÉRUBIN
Plus de duel! Ça jamais!

LA BARONNE
C'est fou! Qui comprendra tant de délicatesse?
Vous vous battez contre l'amant de la comtesse?
Donc c'est pour la comtesse. Ainsi dira Paris.

CHÉRUBIN
C'est une fois de plus qu'il se sera mépris.

LISETTE, entrant.
Le vicomte de Byron...

LA BARONNE
Quoi?

CHÉRUBIN
Lui!

LISETTE
Sollicite
Du marquis Chérubin un entretien.

CHÉRUBIN
Lui! Vite
Je descends.

LA BARONNE

Restez.

CHÉRUBIN

Mais...

LA BARONNE, à Lisette.

Dis, je le veux ainsi
Au vicomte que Chérubin l'attend ici.

Lisette sort.

CHÉRUBIN

Mais ne vaut-il pas mieux qu'avec Byron je sorte.

LA BARONNE

Non, restez, je préfère écouter à la porte.

CHÉRUBIN

Comment ?

LA BARONNE

Et gardez-vous d'un accès de courroux ;
J'entendrai. Donc, soyez calme et parlez doux.
Pour prouver votre amour la minute est suprême.

CHÉRUBIN

Mais c'est le déshonneur !

LA BARONNE

Ce n'est rien quand on aime.

CHÉRUBIN

Non, je ne puis...

LA BARONNE, fermant la porte.

Ah ! tant pis !...

Scène V

CHÉRUBIN, LE VICOMTE

LE VICOMTE, entrant.

Monsieur, l'on m'a dit,
Car je viens de chez vous.

CHÉRUBIN

Que je suis étourdi !
Pardonnez-moi. Je n'ai pas regardé ma montre.

LE VICOMTE

Oh !

CHÉRUBIN

De tous les instants celui d'une rencontre
Serait le plus viril et le plus précieux
S'il n'était cet instant qu'on passe au bord des yeux
De celle que l'on aime entre toutes au monde
Et dont un seul coup d'œil change l'heure en seconde.
Oubliez qu'en un jour pareil j'eus tel retard.
J'étais, monsieur, le prisonnier de son regard.

A part.

C'est bien troussé.

LE VICOMTE
Monsieur...
CHÉRUBIN, à voix basse.
                    Mes témoins sont d'Arpée
Et de Fréjac. Si votre choix marque l'épée,
J'ai deux lames uniques...
                    LE VICOMTE
                    Mais...
                    CHÉRUBIN
                    Si mieux vous plaît
Je le regretterais, monsieur, le pistolet ?
                    LE VICOMTE
Mais...
            Le sabre, alors ? C'est une arme d'éraflure.
Mourir n'est rien. Je tiens beaucoup à ma figure.
Le sabre, on en meurt mal ou l'on en soit perclus.
Mais si vous préférez le sabre.
                    LE VICOMTE
                    Non.
                    CHÉRUBIN
                    Non plus ?
Pourtant ce duel ne peut se faire à coups de latte.
                    LE VICOMTE
Mais, cher monsieur, il faut d'abord que je me batte.
                    CHÉRUBIN
Vous ne vous battez pas ?
        Bas.
                    Vous ne vous battez pas ?
                    LE VICOMTE
Non.
                    CHÉRUBIN
        Non ? Et pourquoi non ?
                    LE VICOMTE
                    Monsieur...
                    CHÉRUBIN
                    Parlons
                    plus bas.
        Ils s'éloignent.
Vous voulez m'offenser à nouveau. Il me tarde...
                    LE VICOMTE
Vous êtes un enfant !
                    CHÉRUBIN
                    Ah ! monsieur, prenez garde.
        Plus bas.
Prenez garde !
                    LE VICOMTE
        Écoutez.
                    CHÉRUBIN
        Monsieur !

LE VICOMTE

                    Sans vous fâcher.

CHÉRUBIN

Mais...

LE VICOMTE

    Je vous en prie.

CHÉRUBIN
    Alors?

LE VICOMTE

                    Alors?...

CHÉRUBIN

                        Je vais tâcher.

LE VICOMTE

Vous m'avez hier au soir fait une grave injure,
Et tout autre que vous, monsieur, je vous le jure
Eût payé de sa vie un si brutal affront.

CHÉRUBIN

Mais je vous attendais, cher monsieur de Byron.

LE VICOMTE

Voilà pourquoi, malgré l'abîme entre nos âges...

CHÉRUBIN

Je suis jeune, ils étaient pour moi les avantages.

LE VICOMTE

Malgré tout, j'envoyai cette nuit mon cartel.
Dois-je vous l'avouer, mon bonheur était tel
A l'espoir de venger aujourd'hui mon outrage
Qu'en cet instant, monsieur, malgré tout mon courage,
Malgré tous mes efforts, toute ma volonté,
Je ne pourrais ainsi froisser ma dignité,
S'il n'était cette force en moi si souveraine:
L'amour que j'ai pour votre admirable marraine.

CHÉRUBIN

Mais...

LE VICOMTE

        Ecoutez. Tantôt je l'ai vue. Elle était
Toute tremblante. De chez vous elle sortait.
Ses yeux dont les éclats riants ont tant de charmes,
Semblent encor plus beaux s'ils sont noyés de larmes.
Elle m'a supplié de sa voix où j'entends
Quand elle parle, les musiques du printemps.
J'ai vu ses yeux qui me baignaient de leur lumière,
Ses mains jointes disaient une blanche prière;
Et toute sa douleur, et toute sa pâleur,
Et tout son être enfin si touchant, si frôleur,
Et dont mon cœur toujours épris d'elle s'étonne,
M'ont prié de vous pardonner.
        Il lui tend la main.

                        Je vous pardonne.

CHÉRUBIN

Me pardonner? Pourquoi? Je ne veux pas.

LE VICOMTE

        Mais si.

CHÉRUBIN

Je veux me battre, moi, monsieur, je l'aime aussi.

LE VICOMTE

Vous n'aimez pas, vous ne pouvez aimer encore.
Moi je l'aime, je la vénère, je l'adore.
Voyez, je vous le dis simplement, sans émoi.

CHÉRUBIN

Mais moi, monsieur...

LE VICOMTE

      Ah! non! Monsieur, pas comme moi.

CHÉRUBIN

Qu'en savez-vous? Douter de cet amour m'offense.

LE VICOMTE

Vous sortez, Chérubin, à peine de l'enfance.
L'amour pour vous ce n'est rien autre qu'un plaisir.

CHÉRUBIN

Non! Pour les femmes j'ai le plus fervent désir,
Et pour elles mon cœur est embrasé de flammes.

LE VICOMTE

Mais l'amour est beaucoup plus grave que les femmes.

CHÉRUBIN

Mais non. C'est Cupidon, dieu rose et parfumé.
Toujours il rit.

LE VICOMTE

     Il rit! Vous n'avez pas aimé.

CHÉRUBIN

Mais si. Je sais l'amour, ses ardeurs infinies...

LE VICOMTE

En avez-vous jamais souffert les agonies?

CHÉRUBIN

J'ai souffert...

LE VICOMTE

    Non.

CHÉRUBIN

    Mon cœur a beaucoup enduré!

LE VICOMTE

Savez-vous seulement ce que c'est que pleurer?

CHÉRUBIN

Oui, je sais.

LE VICOMTE

    Vous pleurez parfois?

            Mais oui, je pleure!

LE VICOMTE

Et pourquoi pleurez-vous?

CHÉRUBIN

    Pour rien, pour tout, quand
               [l'heure

Est morose. Quand la clarté du jour s'enfuit;
Quand je vois des pleurs d'or aux cils bleus de la nuit.
Je pleure!

LE VICOMTE

Mais pourquoi?

CHÉRUBIN

Je ne sais pas. Je pleure,
Quand au printemps le vent trop caressant m'effleure!

LE VICOMTE

Oui, mais pourquoi?

CHÉRUBIN

Pourquoi! Puis-je le déchiffrer?
Je pleure parce que j'ai besoin de pleurer.

LE VICOMTE

Ce ne sont là que pleurs de joie ou d'espérance.

CHÉRUBIN

Mais pourquoi pleure-t-on, alors?

LE VICOMTE

Mais par souffrance.

CHÉRUBIN

Oui, pour un deuil!

LE VICOMTE

Aussi quand on est amoureux!
Mais l'amour vous rend donc?...

LE VICOMTE, avec une émotion douloureuse.

Voyez, bien malheureux!

CHÉRUBIN

Quoi! vous pleurez vraiment?

LE VICOMTE

Non. Ce n'est rien. Je l'aime.

CHÉRUBIN

Oui, notre amour, vous disiez bien n'est pas le même.

LE VICOMTE

Ah! soyez bon! Laissez-la moi. C'est tout mon bien.
Quand je rapproche votre amour léger du mien,
Quand je compare à mon passé votre jeunesse,
Je songe, ayant sur vous un triste droit d'aînesse,
Que vraiment elle m'appartient; qu'il ne faut pas
Par plaisir arracher cet espoir de mes bras.
Que si pour vous elle offre un charme, un bonheur même,
Elle est le monde entier pour moi puisque je l'aime.

CHÉRUBIN

Oui, vous l'aimez...

Tantôt, vous disiez: « J'ai pleuré ».
Pourtant nuls vrais chagrins ne vous ont effleuré.
Avez-vous éprouvé que le sol se dérobe
Parce qu'au loin on voit disparaître sa robe!

CHÉRUBIN, avec une émotion croissante.

LE VICOMTE

Avez-vous senti mourir votre raison?
Après l'attente, seul, tout seul dans la maison.

CHÉRUBIN

Non.

LE VICOMTE

Avez-vous, lorsque la vérité vous ronge,
Lâche, imploré comme une aumône son mensonge?

CHÉRUBIN

Non.

LE VICOMTE

Avez-vous, la nuit, évité le sommeil.
Par peur, ayant trop rêvé d'elle, du réveil?

CHÉRUBIN

Non.

LE VICOMTE

Avez-vous, le cœur pantelant de blessures,
En pleurant, déchiré l'oreiller de morsures?

CHÉRUBIN

Non, non, non!

LE VICOMTE

Avez-vous prié, râlé, crié?
Avez-vous tout souffert, tout maudit, tout nié?
Puis avez-vous soudain vu fuir toutes vos fièvres,
Parce qu'un seul sourire, aujourd'hui sur les lèvres,
L'espoir d'aimer encor vous entr'ouvrait les bras?

CHÉRUBIN

Ah! vous aviez raison. Non, je ne l'aimais pas!
Il tombe dans les bras du vicomte.

Scène VI

LES MÊMES, LA BARONNE

LA BARONNE, entrant.

Dans ses bras!

LE VICOMTE

Madame...

LA BARONNE

Ah! Chérubin, ma surprise
Est bien douce!
Au Vicomte.
J'avais si peur d'un bêtise!
C'est un enfant!

LE VICOMTE

Il est très bon.

LA BARONNE

Oui. Hier au soir
C'est fiévreux qu'il avait agi... c'est sans savoir...

LE VICOMTE
Oui, sans savoir, son âme si jeune exagère...
LA BARONNE
En vous donnant la gifle, il n'était pas sincère.
CHÉRUBIN, à part.
C'est mon bon cœur. On parle plus qu'on ne voudrait
Sort Le Vicomte en causant avec La Baronne.

Scène VII

CHÉRUBIN, puis LA BARONNE

CHÉRUBIN
A la pitié, le cœur malgré vous, vous entraîne.
Voilà mon duel manqué! Puis, s'il conte à Marraine
Que je ne l'aime pas... Au fond, je l'aime aussi.
LA BARONNE, revenant.
Chérubin!
CHÉRUBIN
Ah! Vous pouvez me dire merci!
J'ai refusé d'aller me battre pour vous plaire.
LA BARONNE, lui prenant la main.
C'est bien.
CHÉRUBIN
Pourtant, Byron pâlissait de colère!
Songez combien mon sacrifice était extrême!
Un duel!... Quel mot vaut celui-là?
LA BARONNE
Le mot: Je t'aime!
Il le vaut bien!
CHÉRUBIN
Mettons qu'ils aient même valeur
Je vous cède mon duel... cédez-moi votre cœur.
Il l'enlace.
LA BARONNE, se dégageant.
Mais attendez au moins qu'il cède de lui-même.
CHÉRUBIN
Non. Ce serait trop long!
LA BARONNE
Qui sait?
CHÉRUBIN
Mais je vous aime!
Je suis pressé, Baronne!
LA BARONNE
Oh! l'argument puissant!
CHÉRUBIN
Alors, vous refusez!

LA BARONNE, haussant les épaules et souriant.

Qui ne dit mot consent.

CHÉRUBIN, lui embrassant follement la main.

Ah!

Scène VIII

LES MÊMES, LISETTE

LISETTE, entrant.

Madame, c'est la Cloé.

LA BARONNE

La Cloé?

CHÉRUBIN, souriant.

Diantre!

LA BARONNE

Dis-lui...

A Chérubin.

C'est pour les pauvres.

CHÉRUBIN

Oui.

LA BARONNE

Dis-lui qu'elle entre

Sort Lisette.

Scène IX.

CHÉRUBIN, LA BARONNE, CLOE, LE CHEVALIER

CLOÉ, avec une politesse exagérée.

Madame, excusez-moi...

LA BARONNE

Madame...

CLOÉ

Votre nom...

LA BARONNE

Madame, asseyez-vous.

CLOÉ

M'asseoir! Oh! vraiment, non!

LA BARONNE

Si...

CLOÉ

Puisque vous mettez une telle insistance!

Elle s'assoit et découvre Le Chevalier qu'elle masquait.

LA BARONNE, au Chevalier.

Monsieur, à qui?

CLOÉ, à mi-voix.

C'est un monsieur sans importance.

LA BARONNE

Mais encore?

CLOÉ

M'accompagnant le plus souvent.
Il est pratique, il est mon cavalier servant.

LE CHEVALIER

Madame.

CLOÉ, au Chevalier.

Taisez-vous!

Presentant.

Le chevalier d'Egrandes
Qui, dans ce petit sac, recueille les offrandes.

LA BARONNE

Vraiment?

CHÉRUBIN, à part.

Qu'il lui sied bien, ce long regard voilé!

CLOÉ

C'est très joli chez vous. C'est très bien installé.

CHÉRUBIN, à la baronne.

Présentez-moi, voyons.

CLOÉ

La circonstance est triste.

LA BARONNE, offrant un plateau.

Une fraise? un biscuit?

CLOÉ, acceptant.

C'est pour un pauvre artiste.

CHÉRUBIN, près de la Baronne.

Présentez-moi!

CLOÉ

Vous excusez non sans façon!

LA BARONNE, présentant Chérubin.

Monsieur de Lys...

CLOÉ, cérémonieusement.

Monsieur...

A part,

Ah! le joli garçon!

CHÉRUBIN

Mon cœur tombe, madame, aux pieds de tant de grâce.

CLOÉ

Il faudra donc qu'un jour, monsieur, je le ramasse.

CHÉRUBIN

Vous dansez!

LA BARONNE

On dirait un sylphe sur les eaux.

LE CHEVALIER

Oui..

CHÉRUBIN

Vous êtes la sœur cadette des oiseaux.

LE CHEVALIER

Oui.

LA BARONNE

Je rêverais la salle est à vos pieds qui rampe.

LE CHEVALIER

Oh! oui.

CLOÉ, au Chevalier.

Chut!...

A la Baronne.

Mes effets passent souvent la rampe.
Mais un soir, vous aussi, chez le duc de Charny,
Dansâtes.

LA BARONNE

Vous saviez?...

CLOÉ

Le duc est un ami.

LA BARONNE

Vraiment?

CLOÉ

Pour ce ballet, n'est-ce point de Puydolle
Qui pour vous dessina ces paniers en gondole,
Qui furent mi-bergère et marquise à demi?

LA BARONNE

Quoi! Vous saviez aussi?...

CLOÉ

Puydolle est un ami...
Chez la comtesse d'Euis, je sais quelle coiffure
L'autre soir vous portiez...

LA BARONNE

Mais c'est une gageure!..
Dites voir!...

CLOÉ

C'était la Cigale et la Fourmi.

LA BARONNE

Qui vous a dit?...

CLOÉ

Le comte d'Euis est un ami.

LA BARONNE

Que vous avez d'amis!

LE CHEVALIER, digne.

C'est son public, madame.

CHÉRUBIN

Un seul de vos regards met tout Paris en flamme...

LE CHEVALIER

Oh! oui!

CLOÉ

Chut! Feu de paille!

CHÉRUBIN

Oh! que non.

CLOÉ

Oh ! que si...

CHÉRUBIN

La claiten même... auprès de vous...

CLOÉ

Elle a grossi.

LA BARONNE

Elle est très souple.

CLOÉ

Un éléphant!... Elle est obèse.
Et des mœurs!... Tous les soirs un autre homme.

LA BARONNE, toussant.

Une
[fraise?

CLOÉ

Et mal soignée... Elle a de scandaleux dessous.
Elle est vive pourtant...

CLOÉ

Comme les sapajous.
D'une vivacité qui croûte peu d'astuces:
C'est la vivacité que vous donnent les puces...

LISETTE, entrant et allant à Chérubin.

Une lettre.

CHÉRUBIN, prenant la lettre.

Pour moi ?

LISETTE

Oui, monsieur le marquis.

Lisette sort.

CLOÉ, à part.

C'est un marquis. Décidément, il est exquis.

LA BARONNE, se levant.

En causant avec vous, le temps a fui si vite
Que j'ai presque oublié l'objet de la visite.

Elle sort.

CLOÉ, se levant et saluant.

Ah, madame,
[merci.

Scène X

CHÉRUBIN, CLOE, LE CHEVALIER

CHÉRUBIN, lisant.

Monsieur, je vous attends d'ici deux heures. Si
Vous vous sentez autant qu'hier l'humeur bravache
Vous vous battrez. Sinon, c'est à coups de cravache
Que je vous châtierai. Lieu de combat: la cour
De l'Hôtel Marc. Signé: Comte Albert de Bercour.
Un duel ? Un duel ! Enfin, je vais pouvoir me battre!

CLOÉ, regardant Chérubin.

Pour ne pas l'embrasser mon cœur se tient à quatre.

Au Chevalier.

Ah! mon flacon de sels! Je souffre! Il est en bas
Dans la calèche. Allez.

LE CHEVALIER

Oui.

Fausse sortie.

Mais s'il n'y est pas?

CLOÉ

Vous irez en quérir un autre.

Le Chevalier sort.

Scène XI

CHÉRUBIN, CLOE

CHÉRUBIN

Il faut que j'aille
Chercher d'Arpée et de Fréjac. Oh! la bataille
Dieu que je suis content!

Il se dirige vers la porte droite pan coupé. Cloé passe
de gauche et se dirige vers Chérubin.

CLOÉ

Il sort?

Se levant, à Chérubin qui est à la porte.

Fais-moi don
D'un salut si léger soit-il!

CHÉRUBIN, redescendant.

C'est vrai. Pardon.
Si vous saviez...

CLOÉ

Je ne sais pas. Mais je devine!
Ce billet, votre air pressé, votre bonne mine,
C'est une femme qui vous attend.

CHÉRUBIN, se rapprochant de Cloé.

Ah! c'est mieux!

CLOÉ

Mieux qu'une femme! Ah! ce doit être merveilleux!

CHÉRUBIN

Adieu, madame.

Il veut lui embrasser la main.

CLOÉ, retirant sa main.

Oh! non, je sais que c'est l'usage,
Mais j'aime mieux sentir qu'on m'embrasse au visage.

CHÉRUBIN

Oui, mais l'autre?...

CLOÉ

Un ami qui fut quérir cela.

Elle montre un flacon de sels.

CHÉRUBIN

Alors...

Il l'embrasse.

CLOÉ

Oh! la peau fine et fraîche que voilà!

CHÉRUBIN, *voulant l'embrasser à nouveau*

Vous trouvez?

CLOÉ

Non, partez. Vous la feriez attendre.

CHÉRUBIN

Mais...

CLOÉ

Est-elle brune ou blonde? fière ou bien tendre?
Vous aime-t-elle ou bien son cœur est-il cruel?

CHÉRUBIN

Mais qui donc?

CLOÉ

Tiens! Votre rendez-vous?

CHÉRUBIN

C'est un duel.

CLOÉ

Un duel!

CHÉRUBIN

Ah! n'est-ce pas que c'est bien mieux encore!

CLOÉ

C'était un duel! Ah! mon petit, je vous adore!

Elle embrasse Chérubin.

CHÉRUBIN

Quel sentiment nouveau?... Mon cœur va se briser...
Ah! je voudrais mourir...

CLOÉ

Pas avant mon baiser.

Elle se penche sur lui.

CHÉRUBIN

Un vrai baiser?

CLOÉ

Un vrai.

CHÉRUBIN

Non. Attendez encore.

CLOÉ

Aurais tu peur?

CHÉRUBIN

C'est le premier.

CLOÉ

Toi, je t'adore!

Long baiser.

Scène XII

LES MÊMES, LE CHEVALIER

LE CHEVALIER, entrant, tenant aux doigts un flacon de sel.
Chez un marchand tout près. Hein! Quoi! Qu'est-ce?
                                        [Comment?

CLOÉ, se dégageant.
Mon Dieu!... Le Chevalier!

CHÉRUBIN
                Eh bien!

CLOÉ
                        C'est mon amant.

LE CHEVALIER
Madame, c'est infâme!

CLOÉ
                Écoutez...

LE CHEVALIER
                        Voilà comme
Vous me trompez pour un... pour un...

CHÉRUBIN
                        Mais je suis homme
A vous rendre raison, monsieur...

LE CHEVALIER
                        J'y compte bien.
Nous nous battrons.

CHÉRUBIN
                Ah! merci!

LE CHEVALIER, se rapprochant de Chérubin.
                        Quoi?

CHÉRUBIN
                        Merci!

LE CHEVALIER
                                Mais...

CHÉRUBIN
                                        Rien
Ne peut me charmer plus.

LE CHEVALIER
                        Est-ce une impertinence?

CHÉRUBIN
Alors, je ne suis plus pour vous sans importance?
C'est vrai?

LE CHEVALIER
                Monsieur, je veux un duel très sérieux.

CHÉRUBIN
Bravo!

LE CHEVALIER
                Je suis très fort, monsieur.

CHÉRUBIN
                        De mieux en mieux.

LE CHEVALIER
J'ai deux amis qui sont voisins d'ici. Sur l'heure
Nous nous battions.

CHÉRUBIN
Cette minute est la meilleure
De ma vie.

LE CHEVALIER
Ah! vous plaisantez! Mais rira bien
Qui rira le dernier. Sortons!

*Il remonte au fond prendre son chapeau. Chérubin se
précipite sur son chapeau*

Non, c'est le mien.

Passe devant Cloé et va porte droite, pan coupé.

CLOÉ, *voulant retenir le Chevalier*
Vous ne vous battrez pas, voyons.

LE CHEVALIER, *à la porte, fausse sortie.*
Si fait, madame

CLOÉ, *à Chérubin.*
Mais pourtant, Chérubin...

CHÉRUBIN, *prenant son chapeau.*
Jamais je n'eus dans l'âme
Un pareil bonheur...

CLOÉ
Quoi?

LE CHEVALIER, *revenant et entraînant Cloé.*
Sortons.

Il sort.

CHÉRUBIN, *se dirigeant vers la porte de droite, pan coupé.*
J'en suis grisé!
Mon premier duel le jour de mon premier baiser!

Cloé sort. Chérubin va pour la suivre.

Scène XIII

CHÉRUBIN, LA BARONNE

LA BARONNE, *entrant.*
Pardon pour ce retard, madame. Voici quatre
Cents. Comment! Partie?

CHÉRUBIN
Oui...

LA BARONNE
Mais vous?

CHÉRUBIN, *triomphant.*
Je vais me
[battre!

Sortant porte de droite pan coupé.

Scène XIV

LA BARONNE, seule.

Quoi? Mais c'est fou! Vous battre! Il veut se battre
[encore?

A la porte.

Chérubin! Chérubin! Non, ça c'est trop fort!
Bien qu'un duel soit flatteur, je me consolais vite
De perdre un duel; mais non pour qu'une autre en profite.
Je connais la comtesse. Elle dira demain
Dans tout Paris: « Ma chère! est-ce fou!... Ce gamin ».
J'enrage! Comme j'enrage! Sur ma parole
Je pourrais la tuer...

Scène XV

MARRAINE, LA BARONNE

MARRAINE, entrant en coup de vent
Ah! chère, je suis folle!

LA BARONNE, naturelle.

Bonjour, chère!

MARRAINE
Si vous saviez!...

LA BARONNE
Asseyez-vous.

MARRAINE, s'assied.
Oui, je m'assieds. Mon âme est sens dessus dessous.

LA BARONNE, assise.

Pourquoi donc?

MARRAINE, tragique.
Chérubin se bat!

LA BARONNE, simplement.
Quoi! C'est la cause
De votre émoi! J'avais eu peur...

MARRAINE
Quelle autre cause
Pourrait être aussi grave?

LA BARONNE, souriant.
Oh!

MARRAINE
Mais c'est un vrai duel!
Contre Byron!... pour moi!... Que ce coup m'est cruel!

LA BARONNE
Mon Dieu, c'est bien banal.

MARRAINE
Pourrai-je lui survivre?

LA BARONNE

Vous dites?

MARRAINE, tragique.
, Songe affreux! Cesse de me poursuivre!
LA BARONNE
Mais un duel n.'offre pas autant de gravité.

MARRAINE
Quand on n'est pas en cause, on ne peut s'en douter.
LA BARONNE
Chaque jour en amène et le fait est vulgaire.
MARRAINE
On voit bien qu'à ce duel vous êtes étrangère.
LA BARONNE
Aussi, puis-je en avoir un sentiment plus vrai.
MARRAINE
Non! C'est épouvantable!
LA BARONNE
      Ah! chère, il ne faudrait
Pas tant exagérer! C'est ridicule, en somme.
MARRAINE, se levant et allant à la Baronne.
Ridicule, la mort de deux hommes!
LA BARONNE, rectifiant.
      D'un homme,
Car Chérubin n'en est pas un. C'est un enfant,
Et que Byron épargnera.
MARRAINE
      Qui sait? Souvent
On voit de ces malheurs.
LA BARONNE
      Votre cœur s'exagère
Un duel sans importance.
MARRAINE, avec indignation.
      Oh!
LA BARONNE
      Ce n'est rien, ma chère,
Ce n'est pas un vrai duel. Et même un bon conseil:
N'allez pas vous vanter demain d'un duel pareil.
MARRAINE
Oh! C'est d'autant plus beau que son âge est plus
      [tendre.
C'est sublime!
LA BARONNE
      Sublime!... Ah! j'aime à vous entendre
Dire cela: sublime! Ah! Sublime est charmant!
C'était dit sur un ton: « C'est sublime! » Comment
L'avez-vous dit?... Encor... Répétez-le, de grâce.
Dites donc ce sublime là devant la glace.
Il faut que vous soyez du Midi.
MARRAINE
      Mais tout doux

Vous en seriez aussi s'il se battait pour vous.

LA BARONNE

Je n'en aurais souci!

MARRAINE

Mais...

LA BARONNE

Vous perdez la tête!

MARRAINE

Mais...

LA BARONNE

Vous devenez folle!

MARRAINE

Enfin...

LA BARONNE

Ce duel est bête!

Apercevant le cartel d'Albert que Chérubin a oublié sur une table.

Mon Dieu!

MARRAINE

Quoi?

LA BARONNE, *lisant.*

Rien...

MARRAINE, *s'approchant.*

Vous pâlissez.

LA BARONNE, *tendant le cartel.*

Lisez ceci.

MARRAINE

lisant. Elle est d'abord émue, puis se maîtrise et lit la fin du cartel avec une dédaigneuse indifférence.

Monsieur, je vous attends d'ici deux heures. Si
Vous vous sentez autant qu'hier l'humeur bravache
Vous vous battrez. Sinon, c'est à coups de cravache
Que je vous châtierai. Lieu de combat: la cour
De l'hôtel Marc. Signé: Comte Albert de Bercour.

LA BARONNE

avec le ton qu'avait Marraine, tombe assise sur un fauteuil.

C'est épouvantable!

MARRAINE

avec le ton qu'avait la Baronne, en lui rendant la lettre.

Hé quoi! pour un duel vulgaire,

C'est vous qui l'avez dit.

LA BARONNE

Je le disais naguère

Mais vous m'avez fait part de vos pressentiments,

Et j'ai peur.

MARRAINE

Vous riez?

LA BARONNE

Ah! quels affreux tourments!

Marraine s'assied.

MARRAINE
'Ce duel est ridicule!

LA BARONNE
Ah! vraiment! Voilà comme
Vous changez de langage!

MARRAINE
Albert n'est pas un homme.
Byron comme adversaire était fort alarmant;
Mais Albert, Chérubin, deux enfants!

LA BARONNE, se levant.
Justement!
Deux enfants imprudents. Le danger est extrême.
Comme il m'aime!

MARRAINE, riant.
Ah! vraiment! C'est drôle!
[« Comme il m'aime! »
« Comme il m'aime! » Ah! le ton dont vous dites cela!
Pardonnez-moi. Je ris. Répétez ce mot là.
Etes-vous du Midi, ma chère! « Comme il m'aime ! »

LA BARONNE
Il se bat contre Albert, c'est qu'il m'aime, et lui-même
Est venu m'avouer son amour.

MARRAINE
Mais pourquoi,
S'il vous aime, m'écrivait-il qu'il m'aime, à moi!

L'A BARONNE
'C'est à moi qu'il écrit.

MARRAINE
Voulez-vous me permettre?
J'ai sur moi son billet.

LA BARONNE
Bon! Mais moi j'ai sa lettre!

MARRAINE
Mais la mienne est sincère.

LA BARONNE
Oh! mais la mienne aussi.

MARRAINE
Voici ce qu'il me dit...

LA BARONNE
Sa lettre parle ainsi...

MARRAINE
Je lis d'abord.

LA BARONNE
D'abord, moi je lis.

LA BARONNE, MARRAINE, lisant ensemble.
Pour suprême
Adieu, je viens vous dire encore: « Je vous aime. »

MARRAINE
Comment?

LA BARONNE

Comment ?

MARRAINE

Je vais me battre, c'est pour vous.

LA BARONNE

...Pour vous seule et mourrir pour vous me sera doux.

MARRAINE

Ah! ça...

LA BARONNE

Je vous aimais, ô ma beauté, ma reine.

En deux mots!

MARRAINE

Ma fée!

LA BARONNE

Oh!

MARRAINE

Mais non comme marraine..

LA BARONNE, suivant sa lettre.

Moi aussi....

MARRAINE

Mieux. Ces sentiments sont superflus.

LA BARONNE

Je vous aimais.

MARRAINE

Donc la marraine...

LA BARONNE

N'était plus...

MARRAINE

C'était la même lettre!

LA BARONNE

Oh! cela est infâme!

MARRAINE

Deux lettres!

LA BARONNE

Deux ou plus, qui sait quelle autre femme...

C'est une circulaire!

MARRAINE

Il se moquait de nous.

Ah! le lâche!

LA BARONNE

Et nos cœurs allaient être jaloux!

MARRAINE

Et nous allions nous disputer!

LA BARONNE

Nous étions folles!

Vous disiez...

MARRAINE

Oh! de grâce, oubliez ces paroles!

Ah! je me repends bien de mon absurdité;

LA BARONNE

Avoir pu prendre au sérieux cet effronté!

MARRAINE

Et moi, ma chère, je l'aimais. Suis-je assez bête!

LA BARONNE, allant s'asseoir.

Mais non, nous n'aimions pas. Nous nous montions la
[tête.

MARRAINE

C'est bien fini, ma chère, après cette leçon...
Ce n'est qu'un fourbe...

LA BARONNE

Un misérable!...

MARRAINE

Un polisson!

LA BARONNE

Chère, que serions-nous si nous l'aimions encore?

MARRAINE

A présent, je le hais...

LA BARONNE

Et moi donc, je l'abhorre!

MARRAINE

Pas de courroux. Ce sont des égards superflus.

LA BARONNE

Méprisons-le...
Non, faisons mieux: n'en parlons plus

Scène XVI

MARRAINE, LA BARONNE, LISETTE, puis
CHERUBIN, puis CLOE

LISETTE, entrant.

Madame!...

LA BARONNE

Hé bien?

LISETTE

Si vous saviez!... Devant la porte!

MARRAINE

Quoi?

LISETTE

Chérubin!

LA BARONNE

Mais parle!

MARRAINE

Parle!

LISETTE

Qu'on rapporte
Blessé.

MARRAINE et LA BARONNE, se levant.

Blessé?

LISETTE

Hélas!

MARRAINE, courant.

J'y vais.

LA BARONNE, courant.

J'y cours!

Paraît Chérubin soutenu par ses deux témoins.

MARRAINE

Lui!

LA BARONNE

Lui!

MARRAINE, soutenant Chérubin, à gauche.

Chérubin!

LA BARONNE, soutenant Chérubin, à droite.

Vous avez du mal?

CHÉRUBIN, qui chancelle, un peu souffrant, et très troublé.

Un peu... Non... Oui.

Il s'assied dans le fauteuil préparé par Lisette.

LA BARONNE

C'est ma faute! Blessé par Albert?

CHÉRUBIN

Non.

A Lisette.

Raconte.

MARRAINE

Dieu! Ce n'est pas Albert! Alors, c'est le Vicomte?

CHÉRUBIN

Non plus.

MARRAINE

Comment, non plus? Mais il délire!

LA BARONNE

Il perd

La tête.

MARRAINE

Ou bien c'est le Vicomte.

LA BARONNE

Ou c'est Albert.

MARRAINE

C'est pour moi.

CHÉRUBIN

Non.

LA BARONNE

C'est pour moi.

CHÉRUBIN

Non.

LISETTE

Une querelle.

CLOÉ, entrant brusquement et se précipitant vers Chérubin.

Chérubin!

CHÉRUBIN, se soulevant.

Cloé.

MARRAINE

Quoi?

LA BARONNE

C'était?...

LA BARONNE et MARRAINE

C'était pour elle!

RIDEAU

ACTE III

L'APPARTEMENT DE CHÉRUBIN

A gauche, au fond, un clavecin. A gauche du premier plan, une cheminée et une table. Porte au fond. A droite de la porte, une grande console ; à gauche, une petite bibliothèque. A droite, au premier plan, grande porte vitrée donnant sur le jardin. Devant la porte, adossée à un paravent, une chaise longue, auprès d'une table surmontée de livres et de flacons. Pleine lumière pendant la première partie de l'acte. Crépuscule pendant la dernière scène.

Scène première

CHÉRUBIN, MARRAINE, LA BARONNE

Au lever du rideau, Jurgo, le valet nègre, apporte sur un plateau une potion. Avant de la poser sur la table, auprès du divan sur lequel Chérubin repose, il la présente à Marraine qui fait signe que c'est bien. Musique au clavecin. Air de Lulli.

MARRAINE

qui tricote, à la Baronne, au clavecin. Marraine est placée à une petite table se trouvant près de la bergère où est couché Chérubin. à droite.

Joli cet air !

LA BARONNE, assise au clavecin.

Il est de Lulli !

MARRAINE

Très joli.

J'adore tricoter en écoutant Lulli.

LA BARONNE

Vous tricotez encor ?

MARRAINE

Mais toujours.

LA BARONNE

Quel courage !...

MARRAINE, souriant.

Non, c'est du vice.

LA BARONNE

S'il vous plaît, tournez la page.

Chérubin ! Chérubin !

MARRAINE

Chérubin !... Mais il dort.

LA BARONNE, s'arrêtant de jouer.

Il dort ?

MARRAINE

Cui.

LA BARONNE

Quand je joue, il dort! C'est un peu fort!

MARRAINE

Au clavecin, je crois qu'il est rétif d'oreille.

LA BARONNE

Je vais jouer un air de Bach qui le réveille.
Une fugue!

Elle joue.

MARRAINE

Plus fort!

LA BARONNE

Ma chère, j'en ai chaud!

MARRAINE

Je l'entends qui s'éveille.

LA BARONNE

Ah! ce n'est pas trop tôt.
A tant frapper, je sens mon petit doigt qui gonfle.
Eh! bien?... s'éveille-t-il enfin?

MARRAINE

Ma chère, il ronfle!

LA BARONNE, se levant.

Non!

MARRAINE

Si fait! Ecoutez!
quitte le clavecin et desceS 6Ea èVBè6ȝ . nbquia J rvbg

LA BARONNE

quitte le calvecin et descend près de Marraine, à droite.
Oui, c'est pis que tantôt.
Il dort bas pour Lulli, pour Bach, il dort tout haut.

MARRAINE

Bah! Laissons-le!

LA BARONNE

Pourtant.

MARRAINE

entrainant la Baronne à la table de gauche. Marraine s'asseoit
à droite. Ila Baronne à gauche de la table.
Non, tandis qu'il repose,
Dites-moi... la Cloé,

LA BARONNE, vivement.
Vous savez quelque chose!

MARRAINE

Elle est venue.

LA BARONNE
Encor ce matin?

MARRAINE
Oui!

LA BARONNE

C'est fort!
Cinq fois l'autre semaine et ce matin encor!
Effrontée à ce point, c'est trop! Elle exagère!
Mais je tremble... l'a-t-il rencontrée?

MARRAINE

Oui, ma chère!
Il s'en est, paraît-il, fallu d'un seul instant.
Elle a dit au valet... d'un air très important:
Prévenez le marquis que c'est mademoiselle
Cloé de Mironton!

LA BARONNE

Mironton, la donzelle.
Pourquoi pas Mirliton? que ça sent le taudis!
Dire qu'on peut aimer des noms si mal bâtis!
Elle a dit au valet?...

MARRAINE

Etre fort étonnée
De trouver chaque fois la porte condamnée.
Qu'elle allait en écrire au marquis...

LA BARONNE

C'est odieux.

MARRAINE

Et puisque le marquis de Lys se portait mieux,
Qu'elle viendrait le voir au profit d'un martyre.
D'un pauvre...

LA BARONNE

Encore! On sait ce que cela veut dire.
Ces filles-là, des sœurs de charité! C'est fou!

MARRAINE

Oh! D'ailleurs, Chérubin ne l'aime pas du tout.
Il m'en a fait le serment.

LA BARONNE

Il me l'a fait de même.
Mais Cloé va partout, disant: « Chérubin m'aime. »

MARRAINE

Qu'importe tels propos!

LA BARONNE

Ils importent à moi!...

MARRAINE

Vous vous en occupez?

LA BARONNE

Il faut bien.

MARRAINE

Mais pourquoi?

LA BARONNE

Comment! Pourquoi? Si ces propos...

MARRAINE, se retournant vers le canapé de Chérubin.

Chut! Il s'éveille.

LA BARONNE, se levant, puis s'asseyant.
Non! Il ronfle plus fort! S'ils venaient à l'oreille
De Chérubin...

MARRAINE
C'est peu probable!

LA BARONNE
Il suffirait
Que Cléo l'aperçut.

MARRAINE
Où?

LA BARONNE
Mais ici.

MARRAINE
C'est vrai!
Mais nous sommes ici toujours.

LA BARONNE
Dans la journée.
Pas la nuit?...

MARRAINE
Que la porte lui soit consignée
Par un ordre formel au valet.

LA BARONNE
Le valet..
Est averti par moi.

MARRAINE
C'est risqué, s'il vous plaît.

LA BARONNE
C'est pour son bien, il est si voisin de l'enfance..

MARRAINE
Oui.

LA BARONNE
Nous devons veiller sur sa convalescence!

MARRAINE
C'est notre poste ici.

LA BARONNE
Nous n'y faillirons pas.
Les bons garde-malades ont des cœurs de soldats..

MARRAINE, se levant sur place.
Chérubin a bougé.

LA BARONNE
Cette fois il s'éveille..
Je vais au clavecin...
Remonte s'asseoir au clavecin.

MARRAINE
remonte au-dessus de la table et s'assied, chaise gauche
Je range ma corbeille.
Pas un mot, n'est-ce pas, à Chérubin?

LA BARONNE
Jamais!

CHÉRUBIN, s'éveillant et s'étirant.

Aaah!

MARRAINE

Vous baillez, mon cher?

CHÉRUBIN

Je crois que je dormais.

LA BARONNE

Je crois est un poème...

CHÉRUBIN, se lève sur place.

Encore une heure enfuie!...

MARRAINE

Vous êtes d'un galant...

LA BARONNE

C'est exquis.

CHÉRUBIN

Je m'ennuie.

MARRAINE

De mieux en mieux.

CHÉRUBIN, remonte un peu.

Mais c'est votre faute!

LA BARONNE

Ah! c'est
[nous!

Qui faisons dormir?

CHÉRUBIN, redescend.

Certainement, c'est vous.

TOUTES DEUX

Oh!

CHÉRUBIN, redescend à gauche.

Toujours vous parlez d'amitié, de vos âmes.

MARRAINE

Eh! bien?...

CHÉRUBIN, remonte un peu.

Cela m'ennuie auprès de jeunes femmes.

Arrêt de la musique au clavecin.

MARRAINE, toujours assise.

Chérubin, vous allez encor parler d'amour.

CHÉRUBIN

Non!

TOUTES DEUX

Tant mieux!

CHÉRUBIN, s'avance vers la table où est Marraine

Mais je veux vous faire un peu la
[cour

LA BARONNE, se lève du clavecin et vient près de la table.

Vous perdez votre temps.

MARRAINE

Mon Dieu oui!...

LA BARONNE, s'assied à droite de la table.
                                        Je vous prie.
Comtesse, achevons donc cette tapisserie
Qu'ensemble nous bordions.
        Chérubin remonte, maussade, au fond.
                                De grand cœur.
    CHÉRUBIN, redescendu au-dessus de la table.
                                        Eh bien, si
Vous brodez, que vais-je faire?
                    LA BARONNE
                                Brodez aussi.
                        CHÉRUBIN
Ah! non!

                    LA BARONNE
            Pourquoi? C'est amusant.
                        CHÉRUBIN
                                Comme la pluie!
                    MARRAINE
Vous faisiez de si grands progrès.
                        CHÉRUBIN
                                Cela m'ennuie.
                    MARRAINE
Oh! vous vous ennuyez toujours.
        A la baronne.
                            C'est du fil bleu?
                    LA BARONNE
Non, du fil vert.
                        CHÉRUBIN
rageur, quitte la table et va s'asseoir au milieu du canapé,
                        à droite.
            Je vais dormir encore un peu.
                    MARRAINE
Que vous êtes aimable!
                        CHÉRUBIN
                Eh! mais! C'est vrai! J'enrage!
A rester près de vous le nez sur votre ouvrage.
Que suis-je entre vous deux?
                    MARRAINE
                        Mais un page gâté
Par deux mondaines, un peu sœurs de charité.
                        CHÉRUBIN
Mais...

                    LA BARONNE
se levant, passe droite et va à Chérubin, lui parle, dos au public,
            pour s'asseoir ensuite à droite du canapé.
Seriez-vous entré dans la convalescence,
Sans nos soins, nos conseils, et notre surveillance?

MARRAINE

*elle est assise sur le canapé, ainsi que la Baronne, toutes deux
entourent Chérubin.*

N'oubliez pas, mon cher, que nous venons vous voir,
Depuis votre accident, le matin et le soir,
Nous informant de votre nuit...

LA BARONNE

Et de vos rêves!

MARRAINE

Si vos pulsations sont traînantes ou brèves?...

CHÉRUBIN

Si mes pieds sont au chaud?

MARRAINE

Si, régulièrement,
Vous absorbez votre excellent médicament?

LA BARONNE

Si votre cicatrice, au toucher délicate,
Dort bien sous le moelleux petit coussin d'ouate.

CHÉRUBIN

Si ma langue est chargée?

MARRAINE

Et si votre œil est clair?

LA BARONNE

Si vous voulez des œufs?

MARRAINE

Du lait à la cuiller?

Des biscuits.

MARRAINE

Du sirop?

CHÉRUBIN

Et de la marmelade?

MARRAINE

Enfin...

CHÉRUBIN, *éclatant.*

Enfin, je suis pour vous l'enfant malade?

MARRAINE

Mais oui!

LA BARONNE

Oui!

CHÉRUBIN, *se lève et parle devant le canapé, dos au public.*
Hé bien, non!

Comment?...

CHÉRUBIN

*remonte et sur: « Je suis las de drogues », va au domestique
qui est entré par la porte de droite, premier plan, et le renvoie
puis remonte porte fond droite, l'ouvre, puis ouvre fenêtre
fond milieu.*

Je ne veux pas!

D'abord, je ne suis pas malade, je suis las,
De sirops, de biscuits, de drogues de pommade.
Le docteur me l'a dit: Vous n'êtes pas malade.
Donc je suis bien portant. Donc ne me soignez plus.

Donc ne me traitez plus comme on traite un perclus.
Avec ses peurs de courant d'air et sa flanelle.

Son lait bouilli, son vin espesté de canelle.
Ses pas qu'il compte et ses repas rationnés.
Et sa compresse au front qui tombe sur son nez.

MARRAINE
Mais ces petits soins vont au malade autant comme
A l'enfant!

CHÉRUBIN
En suis-je un?

TOUTES DEUX
Oui.

CHÉRUBIN
Non, je suis un homme

Et je vous aime.

LA BARONNE
Qui?

CHÉRUBIN
Mais vous le savez bien.

MARRAINE
Non. Et vous?

LA BARONNE
Mon Dieu non!

CHÉRUBIN
Vous ne devinez rien?

MARRAINE
Mais non!

CHÉRUBIN
Vous devinez?...

LA BARONNE
Non!

CHÉRUBIN
Votre embarras même

Le prouve.

TOUTES DEUX
Prouve quoi?

CHÉRUBIN
Que c'est vous deux que j'aime.

Comment!

CHÉRUBIN
C'est qu'à vous voir si belles on se dit:
Laquelle choisirai-je? Et l'on reste interdit.

Oui, ce fut le motif de mes incertitudes,
Mais je sais à présent que mes inquiétudes
Venaient d'un double amour. J'étais fou d'avoir peur
De ces deux sentiments qui luttaient dans mon cœur,
Car il fallait les réunir, les fondre ensemble
Pour n'en faire qu'un seul grand amour. Il me semble
Qu'en m'éveillant enfin de cette obscurité,
Vos deux beautés pour moi n'ont plus qu'une beauté,
Et qu'à tant fiancer vos formes dans mon âme,
Vous aimant toutes deux, je n'aime qu'une femme!

MARRAINE
Ce projet est nouveau.

LA BARONNE
Certes... et plutôt hardi!

MARRAINE
Inattendu!

CHÉRUBIN
Mais c'est un charme: l'inédit.

MARRAINE
Ah! vraiment!

CHÉRUBIN
Ce projet au fond n'est qu'une mode
A lancer. Ce projet est simple et très commode
Chacune aura son jour: vous, lundi, vous, mardi,
Mercredi vous revient, vous avez le jeudi,
Si vendredi vous tient, samedi vous revanche,
Et nous nous reposons tous les trois le dimanche.

MARRAINE
C'est trop!

CHÉRUBIN
Ah!

LA BARONNE
Tenez!

CHÉRUBIN
Oh!

MARRAINE
Effronté!

LA BARONNE
Polisson!

CHÉRUBIN
Quoi! qu'avez-vous?

MARRAINE
Traiter avec ce sans façon
D'honnêtes femmes!

CHÉRUBIN
Mais...

LA BARONNE
Sont-ce là des manières?
On ne bouscule ainsi, monsieur, que des meunières.

CHÉRUBIN

Mais mon cœur est à vous!

MARRAINE

C'est un vilain cadeau!

Monsieur.

CHÉRUBIN

Mais mon amour!

LA BARONNE

Amour de porteur d'eau,

Monsieur.

CHÉRUBIN

Quoi! Vous sortez?

MARRAINE

C'est votre polonaise.

Je vous la passe.

CHÉRUBIN

Ecoutez...

MARRAINE

Non à Dieu ne plaise!

Que j'écoute un meunier!

LA BARONNE

Mon fichu.

MARRAINE

Tenez!

LA BARONNE

Nous

Partons.

MARRAINE

Oui, nous partons!

CHÉRUBIN

Eh! bien, tant pis pour vous!

Comment?

CHÉRUBIN

Oui, c'est tant pis pour vous, un jour

| peut-être,

Vous me regretterez.

TOUTES DEUX

Oh! non!

CHÉRUBIN

Si je puis être

Inconstant, puéril, maladroit, ignorant,

Mais j'avais quelque chose en moi de pur, de grand,

Quelque chose d'obscur encore et de farouche,

Qui, précis en mon cœur, hésitait sur ma bouche,

Quelque chose de fort et d'infiniment doux

Que, certes, vous auriez compris, senti, si vous

Etiez femmes vraiment avec un cœur plus tendre.
Mais vous n'avez rien su deviner, rien entendre,
Alors que par vous deux mon être était charmé,
Car vous ne savez pas ce que c'est que d'aimer!...

Et vous?
LA BARONNE
Vous le savez peut-être?
CHÉRUBIN
                              Pas encore,
Mais comme on pressent l'aube avant de voir l'aurore,
Les yeux mal éveillés dans le gris petit jour
C'est le désir que j'aperçois avant l'amour.
LA BARONNE
Ah! vous voyez!

MARRAINE
            Vous n'aimez pas!
CHÉRUBIN
                              C'est votre faute!
Je montais vers l'Amour. La colline était haute,
Je butais. Il est dur à gravir ce chemin.
N'est-ce pas à vous à me tendre la main?
MARRAINE
Pourtant...

CHÉRUBIN
        Oui, j'aurais pu vous aimer.

                              Soit! Mais elle
On moi?

        Qui de nous deux?
CHÉRUBIN
                    Ah! n'importe laquelle!
LA BARONNE
C'est de l'amour cela?
CHÉRUBIN
            C'eût été de l'amour
Si vous l'aviez voulu. Car à mon âge pour
Que de vagues désirs encore gauches et frêles
S'élèvent avec un brusque battement d'ailes
Il ne faut pour guider leur vol mal défini
Que l'espoir réchauffant de rencontrer un nid.
Je l'avais cet espoir! Il tremblait sur mes lèvres!
Tous les baisers, tous les désirs, toutes les fièvres
Par où se brûle et glace un cœur adolescent
Je les avais. J'avais ce bonheur angoissant.
Oui, j'avais tant d'élans impétueux dans l'âme
Que j'aurais adoré n'importe quelle femme!

LA BARONNE

Alors, vous n'aurez plus ces élans, désormais ?

CHÉRUBIN

Ah ! Désormais, je les aurai plus que jamais !

TOUTES DEUX

Mais ?...

CHÉRUBIN

Oui, car de ce cœur qui pouvait être vôtre
Tous les élans fougueux vont battre pour une autre.
Une autre qui viendra, j'en suis sûr, je l'attends.
Quand ? Je ne sais, demain ou dans quelques instants.
Elle viendra. Cela, je le jure, je l'aime.
Et son cœur m'aimera. Je le sais. C'est la même
Qui me parle tout bas, dans mes rêves, le soir.
Ah ! que e vais l'aimer ! Je crois déjà la voir.
Oui, rien que d'y songer, je sens que dans mon être
Un éblouissement mystérieux pénètre.
Elle est brune, elle est blonde, elle est châtaine, elle est
Petite ou grande, que m'importe ! elle me plaît !
Oui, mon cœur la connaît, si mon esprit l'ignore.
Je ne sais pas qui c'est ; je sais que je l'adore.
Votre amour vain, déjà pour elle est oublié.
C'est... je ne sais pas qui... C'est... c'est...

Scène II

LES MÊMES, UN VALET

LE NÈGRE

C'est la Cloé.

TOUTES DEUX

Quoi ?

CHÉRUBIN

Quoi !

MARRAINE

N'allez pas la recevoir

CHÉRUBIN

Quelle monte.

LA BARONNE

Mais vous n'y pensez pas !

MARRAINE

La Cloé !... quelle honte !

La recevoi ici ?

LA BARONNE

Devant nous ?

CHÉRUBIN

Pourquoi pas ?

Vous la receviez bien.

Cette dame est en bas ?

Dans son carosse ?

LE NÈGRE
Non!

CHÉRUBIN
Où?

LE NÈGRE
Dans le vestibule..

CHÉRUBIN
Cloé dans le vestibule! C'est ridicule!
Cours maraud! Et surtout prends soin de t'excuser·
De l'avoir, dans le vestibule, fait poser!

Scène III.

L'imprudent!

CHÉRUBIN.
Pourquoi? Je...

LA BARONNE
Oublier de la sorte..
Vos devoirs envers nous...

MARRAINE
C'est nous mettre à la porte.

CHÉRUBIN
Mais ne parliez-vous pas à l'instant de sortir.

LA BARONNE
Ma chère, il nous y met!

CHÉRUBIN
Mais vous voulicz partir!
C'est vous qui l'avez dit!.

MARRAINE
Non!.c'est par trop d'audace!
Mais je ne cède pas à des filles la place!

LA BARONNE
Ni moi non plus!

Je reste ici.

Je reste ici!

Scène IV

LES MÊMES, CLOÉ

Ah! j'ai dû bien lutter, mais enfin m'y voici!
How d'you do!

Ah! mesdames, votre servante, .

Votre servante!

Ma servante! Elle se vante!
CLOÉ
Je suis venue ici bien souvent sans succès.
CHÉRUBIN
Quoi! vous êtes venue?
CLOÉ
Onze fois, mais l'accès
De vos appartements était sous bonne garde.

Ma chère, ce disant, la fille nous regarde!
CLOÉ
Et la blessure?
CHÉRUBIN
Oh! C'est fini!
CLOÉ
Montrez ces yeux.

La langue?

Votre pouls. Vous allez beaucoup mieux. .

MARRAINE
Elle s'installe!
CLOÉ
Je ne gêne pas en restant?
MARRAINE
Cela doit vous gêner plus que nous.
CLOÉ .
Non...

Pourtant
Pour Paris vous devez avoir beaucoup à faire?
CLOÉ
Non!

LA BARONNE
Si! Tout vos amis qu'il vous faut satisfaire.

MARRAINE

Autant d'amis, sans doute, autant de rendez-vous?

LA BARONNE

Votre heure a trop de prix pour la perdre avec nous.

CLOÉ

Vous dites?

LA BARONNE

Que vraiment nous aurions trop de peine
De vous faire manquer.

CLOÉ

Quoi donc?

LA BARONNE

Mais quelque aubaine.
Vous n'allez pas pour nous perdre un soir tout entier?
On vous désire trop... Et c'est votre métier.

CLOÉ

Je ne vous comprends pas.

LA BARONNE

Vous êtes si peu fine?...

CLOÉ

Je ne vous comprends pas, mais...

LA BARONNE

Mais?

CLOÉ

Je vous devine.

MARRAINE, LA BARONNE

Vraiment?

CLOÉ

Il ne faut pas un esprit bien subtil.
Pour percevoir le fond de votre cœur.

Plaît-il?

CLOÉ

Mais oui, je vois ce qui se passe dans votre âme.
Mon Dieu, pour être fille, on n'en est pas moins femme,
Et tous vos mots moqueurs, votre dédain subit,
Vos sarcasmes hautains ne sont que du dépit.

MARRAINE

Du dépit?

CLOÉ

Du dépit?

LA BARONNE

Nous parler de la sorte!

CLOÉ

Oui, mais oui, vous vouliez me condamner la porte..
Vous aviez peur de moi, mesdames.

S'il vous plaît?

LA BARONNE

Vous avez dit?

CLOÉ

Mais ce que m'a dit le valet.

LA BARONNE

C'était un de vos amis?

CLOÉ

Pas plus qu'il n'est le vôtre.

LA BARONNE

Comment ça?

CLOÉ

Nous l'avons acheté l'une et l'autre.
Je l'ai payé plus cher.

LA BARONNE

Mais...

CLOÉ

Chut!

LA BARONNE, MARRAINE

Comment!

CLOÉ

Chut! Chut!

LA BARONNE

Que veut dire?

CLOÉ

Mandole, violon et luth,
Ils sont trois. Penchez-vous. Voyez jeune malade.

CHÉRUBIN

Mais qu'est-cela?

Cela? C'est une sérénade.

LA BARONNE, MARRAINE

Pour qui?

CLOÉ

Pour lui.

CHÉRUBIN

Pour moi? Mais... de qui?

CLOÉ

Mais de moi!

CHÉRUBIN

De vous!

Il fallait bien. Je ne savais plus quoi
Inventer pour forcer, mon cher, votre consigne.
Une lettre? On l'eût ouverte. Vous faire signe?
Mais par où? Mais comment? Derrière les volets,
L'épiaient, grassement soudoyés, vos valets,
Votre nègre, plus sombre encor d'être en bas roses,
Bâillait à poings fermés au seuil des portes closes.
Et le passant songeait, devant cette maison,
Qui semblait un sérail doublé d'une prison:

« Ecartons-nous de peur qu'on ne nous assassine,
Car c'est ici que Bartholo garde Rosine! »

C'est ridicule!

Un peu... mais moi je n'y peux rien.

On vous traitait ici comme une fille... Eh bien
Il me fallait agir comme un homme peut-être,
Encore un coup, mon cher! J'entrais par la fenêtre!
Vous m'eussiez vu surgir en cavalier, la nuit,
Belle Rosine!

Oh!

C'est trop fort!

Trop fort? Le bruit?

Suspendez un instant! Vous fatiguez madame,

Le Brun est d'Italie... il joue avec son âme!

Partons!

Ciel! quel retard! Je suis tout en émoi
Notre goûter chez Rel!

Dites donc comme moi...

Oui.

C'est vrai! Nous allons chez les Merise ensuite.
Vite! Partons!

CLOÉ
C'est moins un départ qu'une fuite!

Oh! mademoiselle, que d'excuse!

Comment?

MARRAINE
Oui, nous partions sans un adieu, mal poliment.

LA BARONNE
Ne nous en veuillez pas si dans un trop grand zèle
Nous partions sans vous dire adieu, mademoiselle.

MARRAINE
Oh! nous nous reverrons!

Quand vous voudrez.

                                        Je sais
Qu'à l'Opéra vous remportez quelque succès.
Nous y viendrons. Et si vous valez vos éloges
Nous vous applaudirons du rebord de nos loges.

Scène V

Non! Elles ont l'aplomb de me railler encor!
Pimbêches! « Du rebord de nos loges. » C'est fort!
Et c'est ces femmes là que l'on appelle honnêtes.

Voulez-vous vous asseoir?

                            Vous avez vu leurs têtes,
Quand j'ai dit ma façon de penser. Mon petit,
Dans quel monde étiez-vous tombé?
                CHÉRUBIN
                                Que c'est gentil!
Cloé s'être venue. Ah! c'est gentil!
                CLOÉ
                                Hé! Qu'est-ce?
Modérez-vous! Il faut...

                        Quoi!
                    CLOÉ
                            Que je vous confesse.
Ces deux dames...
                CHÉRUBIN
                Oh! non! parlons de nous.
                    CLOÉ
                                    Je veux
Tout apprendre. Votre maîtresse! qui des deux.
Était votre maîtresse, ou la blonde ou la brune...
                    CHÉRUBIN
Comment?
                    CLOÉ
            Répondez-moi. Laquelle?
                CHÉRUBIN
                                Mais aucune.

                    CLOÉ
            L'autre t'eut fait plaisir.
                CHÉRUBIN.
Voilà.

CLOÉ

Voilà... c'est simple... Alors, par le monde,
Tu t'as inassouvi de la brune à la blonde...

CHÉRUBIN

Les hommes ont subi de toute éternité
L'aimable joug de cette double royauté.

CLOÉ

Sans choisir...

CHÉRUBIN

A quoi bon? L'abeille choisit-elle
Entre la rose et le clair muguet de dentelle?
Et moi, comme l'abeille, ivre des fleurs du bois,
Je veux aimer toutes les femmes à la fois!

CLOÉ

Oh! l'enfant! l'ignorant! Mais pour celui qu'elle aime,
Une femme d'esprit n'est pas deux fois la même.
Si son âme est unique, elle a pour l'exprimer
Vingt manières qui sont vingt raisons de l'aimer.
Sa lèvre pour le cœur étonné qui l'admire,
Sourit? Mais chaque fois, c'est d'un nouveau sourire.
Et son regard est tellement capricieux
Qu'on ne connaît jamais la couleur de ses yeux.
Car c'est un cœur toujours divers qui s'y reflète!
La femme change d'âme en changeant de toilette,
En étant enjouée et grave au même instant,
Moqueuse et puis soudain attendrie, en étant
L'éclaircie et la bourrasque toujours mêlées,
Elle est comme le mois joli des giboulées.
On ne la comprend pas? On prétend qu'elle ment?
Mais non! Elle se contredit tout simplement...
On s'égare à chercher les pourquoi de son âme,
Elle est naïvement ce qu'elle est. Elle est femme!
Et pour aimer toutes les femmes à la fois,
Il vaut mieux sans muser à trop de fleurs du bois.
Souvent qui trop en veut, il n'en obtient aucune,
Toutes les respirer, en n'en respirant qu'une!

CHÉRUBIN

Oui, vous avez raison, oui, mon cœur est gonflé
De désirs qui ne demandaient qu'à s'envoler.
Vous les croyez audacieux: ils sont timides!
Pleins d'un essor futur, ce sont des chrysalides.
Mais qu'un de vos regards les chauffe de rayons,
Et vous les changeriez toutes en papillons!

CLOÉ

Ah! Vraiment!

CHÉRUBIN

Oui, la métamorphose suprême
Je l'espère en cette lueur. Déjà je l'aime.
C'est comme un phare qui dans vos yeux m'apparaît,

Ne les détournez, madame, il suffirait,
Car les feux de vos yeux brillent en si grand nombre
De les fermer pour que mon cœur rentre dans l'ombre...

Je me garde de les fermer quand je te vois.

Ah! Je m'en sens troublé pour la première fois.
                    CLOÉ
Oui! Tes yeux clairs sont pleins d'une ombre violette...
                    CHÉRUBIN
C'est qu'en eux un désir plus profond se reflète.
                    CLOÉ
Tu dis des mots qui sont plus gravement jolis.
                    CHÉRUBIN
Ah! tous ces mots c'est dans vos yeux que je les lis!...
                    CLOÉ
Ta voix même est changée... une angoisse la brise,
                    CHÉRUBIN
Le soir mystérieux fait plus grave la brise.
                    CLOÉ
Je devrais te gronder. Pourtant, quand je te vois,
Malgré moi je souris et j'écoute ta voix....
                    CHÉRUBIN
Me gronder... Ah! pourquoi!

                    Pourquoi!...
                    CHÉRUBIN
                        L'heure est divine,
L'ombre vient... je vous vois, ou mieux, je vous devine..
J'ai peur que ce ne soit un rêve tout cela!...
Vous si belle! vous me parlez... vous êtes là...
L'aile d'une chanson voltige à la fenêtre...
Et nous sommes tout seuls... Et vous m'aimez peut-être..
                    CLOÉ
L'amour de la Cloé passe en moins d'une nuit,
                    CHÉRUBIN
Ce n'est pas d'être aimé que j'ai soif aujourd'hui!...
Et tu pourras m'aimer je n'en ai plus de douté...
                    CLOÉ
Chérubin.

                    CHÉRUBIN
        Ah! veux-tu... nous partirons... écoute,
Je possède un château... très loin... dans les forêts.
Les soirs y sont plus bleus, les jours y sont plus frais..
Un silence amoureux et pieux vous écrase
Et le soir, quand le bois, sous le couchant s'embrase,
Le soir, le soir, le rossignol nous bercera.

CLOÉ

Mais le soir, mon petit, je danse à l'Opéra!

CHÉRUBIN

Ah!...

CLOÉ

Mais oui.

CHÉRUBIN

Eh bien! alors, dans la journée.
Nous nous tiendrions dans une demeure éloignée
De la ville pour fuir tous les bruits importuns.
Là, nous vivrons dans les coussins et les parfums.
Je saurai nous créer une intime atmosphère.

CLOÉ

Le jour, mon cher petit, j'ai mes courses à faire!

CHÉRUBIN

Ah!
Mais oui. Je ne peux répondre à tous ces vœux.

CHÉRUBIN

Mais, du moins, tu peux être à moi si tu le veux.
Et c'est ce grand espoir qui dans tout mon cœur vibre!

CLOÉ

Mais non, mon pauvre enfant, car je ne suis pas libre!

CHÉRUBIN

Comment!

CLOÉ

Mais non, mais non. Je ne m'appartiens pas.
J'irais voir mon amant au sortir de tes bras.
Tu serais malheureux, m'aimant ainsi.

CHÉRUBIN

Qu'importe.
On bénit les sanglots quand l'amour les apporte.

CLOÉ

Reste un enfant! Tu vas souffrir! c'est dangereux.

CHÉRUBIN

C'est de ne pas souffrir que j'étais malheureux!...

CLOÉ

Puisque que tu veux souffrir, puisque l'amour t'attire,
Et puisque les raisons que je devais te dire
N'ont pu calmer ton cœur qui ne les comprend pas,
Puisque je t'aime enfin, eh bien viens dans mes bras.

CHÉRUBIN

Cloé!

CLOÉ

Mais si bientôt par ma faute tu pleures,
Si bientôt en songeant aux minutes meilleures
Où tu ne m'aimais pas tu restes interdit
N'en veux pas à Cloé qui te l'avait prédit.

CHÉRUBIN

T'en vouloir. Une immense bonté me pénètre,

De brusques floraisons s'éveillent dans mon être.
C'est si vivant, c'est si lumineux à la fois,
Que l'amour me fait naître une seconde fois.

CLOÉ

Sur mon épaule, pose un peu ta tête blonde.

CHÉRUBIN

Avec des yeux nouveaux je regarde le monde.

CLOÉ

Je regarde tes yeux.

CHÉRUBIN

Mon cœur va se briser.
Ah! je voudrais mourir Cloé pour un baiser.
Ah! ce baiser. Cloé!

Cloé!

CLOÉ

Quoi!

CHÉRUBIN

C'est le même
Que tu donnes au Chevalier!

CLOÉ

Tais-toi.

CHÉRUBIN

Il t'aime.
Ces regards, ces baisers, l'autre les exigera
Et tu nous mens peut-être à tous les deux!

CLOÉ

Déjà!

CHÉRUBIN

Pardon!

CLOÉ

Déjà l'amour au reproche t'incite.
Ton premier mot blessant comme tu l'as dit vite!...

CHÉRUBIN

Je vais souffrir beaucoup...

CLOÉ

Un peu... C'était fatal,
Mais dis-toi qu'il n'est point de cœur sentimental
Qui n'éprouva, son rêve envolé, tel mécompte,
Et que toujours ce fut et ce sera le conte
Frivole un peu, pourtant de quelques pleurs mouillés
De tous les Chérubins et de toutes les Cloés...

RIDEAU

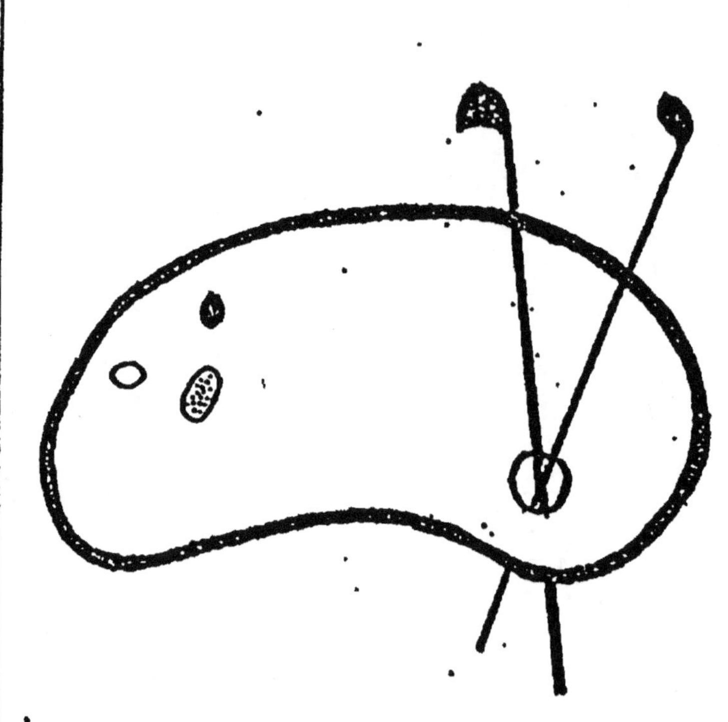

ORIGINAL EN COULEUR
Nº Z 43-120-8

www.ingramcontent.com/pod-product-compliance
Lightning Source LLC
LaVergne TN
LVHW020212030726
842520LV00003B/1028